2位の反撃

— Fighting Mr.2nd

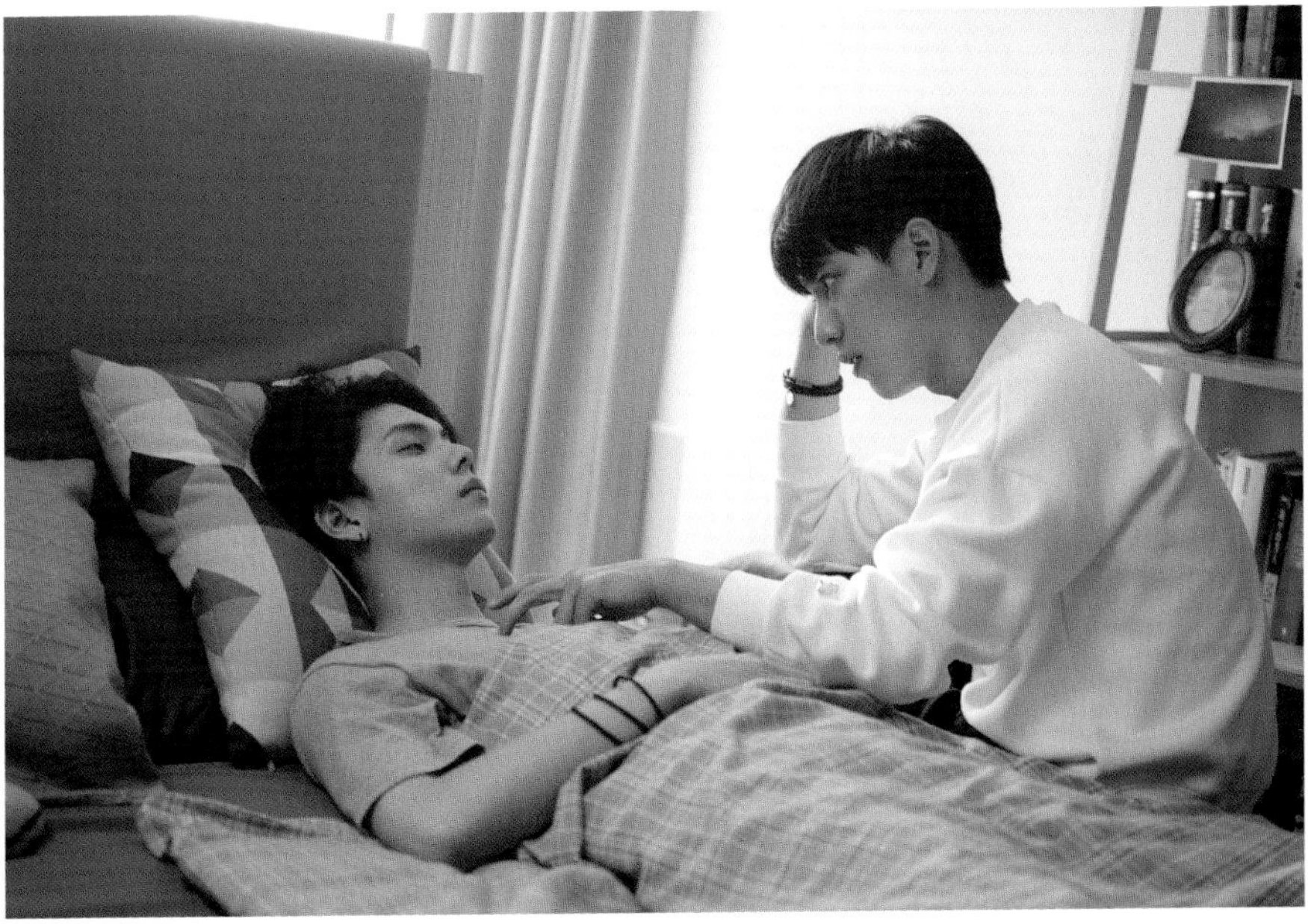

人犯戒護區

we best love —Fighting Mr.2nd

2位の反撃《にいのはんげき》

羽宸寰《ユー・チェンファン》・林珮瑜《リン・ペイユー》［著］

李佳歆《リカキン》・夏海《なつみ》［訳］

すばる舎
プレアデスプレス

we best love

［2位の反撃 もくじ］

Book Design 金澤浩二

序章

「高仕徳《ガオ・シードー》、どれだけ忙しいんだ！　いつメールを送ってもすぐ返さない。手に入れたらそれで終わりか？　くそ！」

文句を言いながらも、口元には隠しきれないほどの甘い笑顔があった。

画面に指を滑らせ、未読、未返信のメッセージを何度も確認した。過去のメッセージ、削除するに忍びないメッセージを片っ端から見ていく。

「バーカ」

文字化けのようなメッセージに目をやった。ある夜、チャットの途中で相手が寝てしまい、たまたまエンターキーが押されて、言葉にならないメッセージが送信されてきた。周書逸《ジョウ・シューイー》は、笑顔で罵《ののし》った。

それからスマホを譜面台に置いて、スタインウェイのピアノ椅子に座ると、録画ボタンを押して演奏を始めた。弾いているのは自分が作った曲だが、高仕徳《ガオ・シードー》が歌詞を付けた二人だけの旋律だった。

一曲終わると、周書逸《ジョウ・シューイー》はスマホを手にして、自撮り用のインカメラを見て、一万二千三百四十八キロの距離、十三時間の時差がある、今はテキサス州にいるはずの恋人に微笑んだ。

「バカ、元気か？　この前の音声メッセージは疲れているように聞こえたよ。アメリカで何かあったのか？　俺は会社を継ぐ予定の優秀な若者だから、多少のアドバイスはできる。もし助けられなくても、悩みを聞くことならできるし。だから一人で悩まないで。何があっても俺はお前の味方だ」

録画停止ボタンを押して、チャットルームにビデオを送信した。

＊　　　＊　　　＊

十一か月後、誠逸《チョンイー》グループビル前

学生気分を脱ぎ捨て、オーダーメイドのスーツを着ている周書逸《ジョウ・シューイー》は、情熱と理想を抱きながらも、職場のルールに従うしかなかった。

疲れ切った彼は、建物から出て高くそびえ立つビルを見上げると、我慢できなくなり、

「くそオヤジ」と悪態をついた。

父親に高仕徳《ガオ・シードー》との関係を受け入れさせ、恋人の帰国を一人待つ間により強くなるために、努

力をした。頼る側になるだけではなく、相手を支える側として、相手が疲れた時に隣にいて安心して休める存在になるようにと。

そこで誠逸《チョンイー》グループの面接に応募し、無事合格した。新入社員としてゼロからスタートし、一生懸命勉強して、将来経営陣に認められるよう、力を積み上げていた。

そんな誇りを持っていたが、その一方で新入社員の無力さも実感していた。

明らかに実行可能な提案を出したのに、「若い者はわかっていない」と言われて却下された。間違いなく利益がもっと出る方法なのに、上層部の古いやり方のせいで大幅に損をした。しかし赤字の報告書を見ると、どうして適切な方法を提示しないのかと、社員を責めるのだった。

さっき会議室で起きたことを思い出し、怒りのあまり手に持っていた黒いビジネスバッグをビル前の歩道に叩きつけようとしたが、結局一瞬ためらった後、腕を下ろしたのだった。目を閉じて何度も深呼吸をしてから、再び目を開けた。

入社以来、多くのことで感情や衝動は役に立たないことを知った。激しい業界のバトルにおける勝敗の鍵は、より多くの戦略的カードを持っていることではなく、通常の考えを脱ぎ捨てて、判断を狂わせるような感情の起伏を取り除き、冷静で客観的な判断を下すことだった。

昔の周書逸《ジョウ・シューイー》なら、頭の固い上司たちに不満を抱くと、きっとビジネスバッグを投げつけて怒りを爆発させたことだろう。しかし今は、しばらく何も言わないことにした。物に当たって怒りをあらわにするのではなく、より多くの成果を上げてそいつらの口を封じるのだ。高仕徳《ガオ・シードー》が言ったように、壊したらまた自分で買い直さなくちゃならないから、お金を失うばかりだし。

「プッ」

恋人の言葉を思い出すと、怒りも不満も一瞬にして消え、手に持っているビジネスバッグを見下ろして微笑んだ。

「そうだな。損しちゃう」

そこで、スーツのポケットからスマホを取り出し、通話アプリを開いて電話をかけた。十数秒の後、なかなか繋がらなかった電話がようやく通じた。

——「HELLO?」

「……」

驚いてスマホを耳から目の前に持ってきて、かけ間違えたのではないかと確認した。なぜ電話の向こうは若い女性なのだろうか。

——「HELLO?」

「高仕徳《ガオ・シードー》いますか」

相手が使っている言語に切り替え、丁寧に尋ねた。しかし相手は、シーツと服を擦《こす》れさせながら起き上がった、というような音を立て、さらには電話の音で起こされたという寝起きの声で返事をした。

――「仕徳《シードー》？　彼に？　でも彼は疲れているようで、ちょうど寝たところです……。仕徳《シードー》、電話よ。出る？」

――「二十分だけ寝かせて……二十分でいい……」

ようやく聞き覚えのある声が聞こえた。電話越しに何か言おうとしたが、相手の女性が先に口を開いた。

――「ごめんなさい。どなただかわからないのですが、仕徳《シードー》は本当に疲れているので、明日もう一度電話してください」

「……」

そう言うと、すぐに電話が切れた。

スマホがホーム画面に戻ると、高仕徳《ガオ・シードー》と撮った写真の待ち受け画面をぼんやりと見つめた。

――「前にも言っただろ。手に入れたらそれで終わり。そんなやつのために自分を追い詰める価値があるのか？」

――「価値は俺が決めるんだ」

高仕徳《ガオ・シードー》、どれだけ忙しいんだ！　いつメールを送っても返さない。一度手に入れた人は大切にする必要がないのか？　これは警告だ。返事がないなら、一か月……いや一週間、メッセージを送らないからな。

――「父さんは、お前を愛してるからそう言うんだ。もう待つ必要はない。彼はお前がそこまでするほどの価値がないひどいやつだ」

――「父さんはわからないんだよ、仕徳《シードー》はそんなやつじゃない」

おい！　元気か？　どうしてメッセージを読まないんだ？

何かあったのか？　一人で悩まないで、何でも相談して。

何があっても、俺はお前のそばにいることを忘れないで。わかった？

――「お前たちは若いから、遠距離恋愛のもろさを理解できないんだ。決してお前を傷つけたいのではない。ただ、愛さえあれば距離を乗り越えられると自信満々で始めたのに、結局別れてしまったという例をたくさん見てきた。書逸《シューイー》、父さんがこんなに言うのは、全部お前のためだ。お前には傷ついてほしくないんだ。書逸《シューイー》……」
――「父さん、もう言わないで。一人で考えさせて……」

あの日の電話以来、メッセージはまた未読のままになった。

離れている間、高仕徳《ガオ・シードー》に何かあったのではないかと感じていたが、何を聞いても沈黙するか、アメリカでのことに触れられたくない、とばかりに話題を変えてしまう。

それに加えて、二人の関係を知った父親の反対もあり、周書逸《ジョウ・シューイー》は当初の自信から一転して、疑心暗鬼へと揺れ動いていってしまったのだった。

メッセージを送った後、つい別のウィンドウを開いて、検索欄に「遠距離恋愛」という五文字を入力した。そして、ネットの記事――良い結果になるものだったり、別れで終わるものだったり――を唇を噛《か》みしめながら読んだ。

もう一年になるのに、どうして帰ってこない？　二か月で戻ってくるって言わなかったっけ？

くそ！　寂しいよ。

もう待たない。お前が忙しいなら俺が飛んでいく。一万二千三百四十八キロ離れていても、俺から逃げられると思うな。

高仕徳《ガオ・シードー》、待ってろよ。会ったら、疲れていようがいまいが、おいしい料理を作ってくれないと許さないからな。そして絶対、ニ・ン・ジ・ン・禁・止・だ！

＊　　＊　　＊

「お前は……まだ忙しいの？　返事できないほど忙しいのか？　もう一週間だよ。俺に既読スルーされた仕返しか？　忙しいとそんな時間がないってことは、お前もわかってるだろ。とにかく、来週は父親のプロジェクトの商談で海外に行く。スマホの電源は切って返信も一切しないから、俺のことなんか考えるな」

窓際の席に座っている周書逸《ジョウ・シューイー》は、数秒ためらった後、録音ボタンから親指を離し、送信した音声メッセージを確認すると、機内モードに切り替えた。

海外での商談を口実に、実はひそかにテキサス州に住む恋人にサプライズをしようとしていた。ビジネスクラスの楕円形の窓から、飛行機の離陸につれてだんだん小さくなる台北《タイペイ》市の街並みを眺めた。そして、期待と不安を抱えながら、十五時間後に飛行機は着陸した。

着陸後、周書逸《ジョウ・シューイー》はタクシーを拾い、高仕徳《ガオ・シードー》から伝えられた住所まで走らせ、緑豊かな地区に到着した。

タクシーから降りると、目的地まであと二分と表示されているグーグルマップをチェックし、明るい日差しを見上げた。飛行機が飛び立つ前の台湾は梅雨で、久しく太陽を見ていなかったことを思い出した。

そこで、荷物を持って周辺を散歩することにした。今、高仕徳《ガオ・シードー》と同じ空気を吸い、彼が見ている景色を見ているのだ。

歩いていると、いつの間にか公園にたどり着いた。暖かな陽気に誘われて、子どもを連れて遊びに来ている親たちがたくさんいた。楽しそうな笑い声に引き寄せられ、子ども向けの公園に足を踏み入れ、身も心もリラックスした。

「高仕徳《ガオ・シードー》、疲れを取ったら許さないから覚えておけよ」

口角を上げて笑みを浮かべ、スーツケースから左手を離して両腕を広げ、降り注ぐ暖かい日差しを満喫した。

あのバカに会ったら、絶対に聞くんだ。どうして電話に出られないといつも言うんだ？　それでもって、やっと電話をする時間ができた時、どうしていつも疲れているような声で、すぐに会話を終えてしまうんだ？

そして……、

あの夜、電話に出た女の子は誰だったんだ?

「高仕徳《ガオ・シードー》、お前が……冷淡なのはきっと理由があって、きっと何かあって、だからなんだろう?」

口角がゆっくりと下がった。広げた両腕もだんだんと下がっていった。

直接アメリカに来たのは、彼の自信とプライドにとっては最低のラインだった。初めて心の扉を開けて恋に落ちたのが、高仕徳《ガオ・シードー》だったから。でも怖かった。一年の間、疎遠になり、無関心になったのには、何か別の原因があるのでは……と。

視線が、前方の青々とした芝生に落ちると、そこには見慣れた顔のその人が座っていた。

「高《ガオ》――」

興奮して踏み出した足は、目の前の光景を見て止まってしまった。

「Te! Oscar wants you, hug him」

片手で赤ちゃんを抱き、もう片方の手でピクニックバスケットを持った金髪の見知らぬ女の子が、高仕徳《ガオ・シードー》のそばに歩いてきた。まだ話せない赤ちゃんを高仕徳《ガオ・シードー》に渡すと、高仕徳《ガオ・シードー》も自然な感じで赤ちゃんを抱き上げ、ピンク色の頬《ほお》にキスをした。

「Look! your favorite!」

金髪の女の子は高仕徳《ガオ・シードー》の隣に膝をついて座り、バスケットを開けて、ピクニック用のクロスと、クリームとフルーツが飾られた一切れのケーキを取り出した。そしてケーキを、笑顔で彼の面前に差し出した。

彼はそれを断ることなく、一口かじりついた。口角にクリームがつくと、女の子が自然に指で拭《ぬぐ》っていた。

「……」

日差しに包まれた三人は、四人目が入る余地がないほど美しい一幅の絵のようだった。問いただそうと急いで前に足を出しかけたが、黙って後ろへと下がった……。

――「前にも言っただろ。手に入れたらそれで終わり。そんなやつのために自分を追い詰める価値があるのか？」

――「父さんは、お前を愛してるからそう言うんだ。もう待つ必要はない。彼はお前がそこまでするほどの価値はないひどいやつだ」

――「お前たちは若いから、遠距離恋愛のもろさを理解できないんだ。決してお前を傷つけたいのではない。ただ、愛さえあれば距離を乗り越えられると自信満々で始めたのに、結局別れてしまったという例をたくさん見てきた。書逸《シューイー》、父さんがこんなに言うのは、全部お前のためだ。お前には傷ついてほしくないんだ。書逸《シューイー》……」


その瞬間、父親の言葉が脳裏をよぎった。

不安の種はすでに植えられ、静かに心の奥底に根を下ろし、芽吹いていた。しかし、信じなかった。初めて努力して手に入れた恋、父と対立しても妥協したくない恋。それなのに自分に跳ね返るナイフになるなんて……。

けれども、自分の目で見た光景が、最後の信頼を打ち砕いた……。

電話では疲れたと言っていたのに、少しも疲れていないようで、まるでおとぎ話の王子様みたいに、愛しいお姫様に微笑んでいる？

忙しくて返信できないって言っていたのに、知らない女の子と、公園で赤ちゃんを抱いてピクニックしているのか？

高仕徳《ガオ・シードー》、もし二人の関係はもう終わったと思うなら、直接俺に言ってくれ。俺は、お前を手放すことすらできない弱い人間ではないから。

つき合ったら、最初に予想していたのと違うとでも思ったのか？　でも別れるなんて言えなくて、だからアメリカにずっといるのか？　だから電話が繋がっても、あまり話もしないうちに切ってしまうのか？

この恋愛を守るために、父親と戦うことも辞さなかった。家を出て一人暮らしをすることだって、帰ってくる人を待つためだった。けれども、これではまるで今の自分は、悲しいピエロのようだ。そんな思いに襲われた。

自分を強くし、一方的に相手に依存しないよう努力をした。これは「二人」の未来のためだった。しかし、その答えは単純明快で、「二人」のために懸命に築いた未来から、誰かが静かに退場し、自分一人が孤独な舞台に取り残された。

「高仕徳《ガオ・シードー》、しつこく追いかけてくるんじゃないかという心配は無用だ。長年のつき合いだから、喜んで手を放す。おめでとう……幸せに……」

声を詰まらせながら、芝生に座っている男に最後の祝福を送ると、振り返ってスーツケースを引き、無言で立ち去った。さっきまでは期待に満ちた場所のはずだったが、今そこにあるのは苦しみだけだった。

芝生の上で、高仕徳《ガオ・シードー》が金髪の女の子に何かを言った。すると女の子はうなずいて、眠っている赤ちゃんを彼の腕から抱き上げ、別の方向へと歩いていった。

その二人が帰ると、高仕徳《ガオ・シードー》はスマホを取り出し、周書逸《ジョウ・シューイー》とのチャットルームにメッセージを送った。

「書逸《シューイー》、直接話したいことがあるんだ。もう少し時間をください。

　今まであまり言わなかったのは、君の前で愚痴をこぼしたくないからだし、ビデオ通話さえしないのは、君を縛りつけて二度と離れないようにしたくなるのが怖いからだ。周書逸《ジョウ・シューイー》……会いたい……本当に会いたい……。

　書逸《シューイー》、最初は既読スルーだけど、今は未読スルーになったね。メールの返信もずっとない……。

　きっと怒ってるよね……。二か月で帰るって言ってたのに一年が経つ今でもまだここにいるんだから。俺の説明、聞いてくれる？」

　メッセージを送った後、高仕徳《ガオ・シードー》はため息をついて芝生の上に横たわり、ブレスレットを巻いた手を上げて、マグネットの留め具が日光に反射するのを見つめた。

　ブレスレットには、恋人の筆跡を真似《まね》て「only Ü」と刻まれている。アメリカに来てからは、毎日ブレスレットに話しかけていた。まるで周書逸《ジョウ・シューイー》がそばにいて、黙って悩みを聞いてくれているかのように。

「書逸《シューイー》、電話であまり話さなかったのは、君の前で愚痴を言いそうで怖かったからだ。もう少し時間をくれ。家のことが一段落したら、帰って直接説明するから。書逸《シューイー》、会いたい……本当に会いたい……」

芝生の上に横たわっている高仕徳《ガオ・シードー》は、青空を見上げながら、右手のブレスレットに語りかけていた。

＊　＊　＊

台北《タイペイ》

「もう二度と会うことはないだろう。たとえ会ったとしても、何の関係もない赤の他人だ」

周書逸《ジョウ・シューイー》は、泣きながらブレスレットを外して、ステンレス製のゴミ箱に投げ込んだ。

あいつがもう大事にしていない以上、俺がどうして未練がましく着ける必要がある？

涙を拭ってバスルームに入ると、顔を洗い流した。バスルームから出ると、部屋の鏡の前でスーツを着て、ネクタイを締めた……。

あの頃、俺の目にはお前しか映らなかった。

今度は俺がお前の世界に反撃してやる。

「高仕徳《ガオ・シードー》、見せてやるよ。お前がいない方が、俺は全然いいってことを」

そう言うと、黒いビジネスバッグを手に取り、胸を張って自分の「戦場」へと向かった。

第一章　お前がいなくても平気だ　Abruti

華磬科技《ホアチンテクノロジー》ビル内

入り口にある「華磬科技《ホアチンテクノロジー》」の看板の下には、創業の精神が書かれている。
「今日仕事を頑張らなかったなら、明日は頑張って就職活動をするしかない」
「心を込めて、全力を尽くす」
オフィスの社員たちは、それぞれの席に座っていたが、先程聞いたニュースのせいで、みんな下を向いて、スマホの通信アプリのグループ内で噂《うわさ》話をしていた。
[小陸《シャオルウ》：買収されたらリストラがあるのかな]
[大林《タアリン》：リストラなんかになったら、この不景気に仕事なんて見つからないわ]
[山治《シャンジー》：急げ！　誰か自主退職したら、その人にはいい報いがあるよ]
[大林《タアリン》：いいね。あなたがしたら？]
[山治《シャンジー》：おい！　それは無理だ。妻を養わなくちゃ。伊麺《イーミイエン》、お前は？　どうせ独身なんだから

問題ないだろ」

［伊麺《イーミィエン》：ちょっと！　うるさいな。技術長に状況を聞こう。技術長、技術長、教えてください］

ガラス張りの個室の中で、華磬科技《ホアチンテクノロジー》の技術長である男性は、濃紺のスーツに身を包みながらも、体育座りで椅子の上に座っていた。お茶用の深緑色のマグカップを置くと、メッセージが次々と飛び込んでくるスマホを手に取った。見上げると、やる気を失ってこちらを見ている社員たちが、個室の外にいた。彼は椅子の上に立ち上がり、大声で言った。

「今、会議中だ。成果のない者はクビになる」

次の瞬間、今まで噂話をしていた社員たちは椅子を回転させて、パソコンの画面に顔を戻した。けれども、ピンク色のシャツを着た大林《タアリン》だけは、座ったまま研究開発プロジェクトを担当する技術長を見つめていた。

技術長の余真軒《ユー・ジェンシュエン》は椅子から飛び降りると、自分の個室を出た。女性社員に「仕事しろ！」と言うと、端正なスーツ姿の大林《タアリン》は真剣な眼差しで、彼を見つめてこう言った。

「技術長、私たちは皆、合併後に仕事を失うのではないかと心配しているんです」

「そうですよ。社長が先週アメリカから帰国したのは、会長の代理としてM&Aの処理をするためだと聞きました。最終的にどれだけの人を解雇するのですか？」

カーリーヘアーで童顔の小陸《シャオルウ》も相づちを打った。

「リストラはない」

爽やかな声が社員たちの会話に割り込んできた。差し入れのお菓子を持って、高仕徳《ガオ・シードー》は小陸《シャオルウ》たちの前に歩いてくると、穏やかに説明した。

「誠逸《チョンイー》グループとは、合併契約時に協議して決定している。社員の権益は保護されている。だから、リストラはない」

社長の言葉に、社員たちは安堵《あんど》の表情を浮かべた。

「さて、不安が解消したなら糖分を補給して休んでから、仕事の続きだ」

「ありがとうございます、社長」

「社長は最高です」

社員たちが社長からお菓子を受け取っていると、入り口の方が少し騒々しくなった。見知らぬ男性三人に、入り口に立っていた女性が丁寧に声をかけた。

「すみませんが、どちら様でいらっしゃいますか？」

「誠逸《チョンイー》グループの者です」

そのうちの一人が答えた。女性社員はうなずくと、三人を中に案内し、それから椅子に座って社員たちと話している社長のところに行き、腰をかがめて耳元で囁《ささや》いた。

高仕徳《ガオ・シードー》は立ち上がると、スーツのしわを伸ばすべく裾を引っ張った。振り返ると、三人は全員見覚えのある顔だった。特に真ん中の男は驚いたような目でこちらを見ていた。

「……」

周書逸《ジョウ・シューイー》はオフィスに立っている男を見ると、足を止めた。

誠逸《チョンイー》グループの後継者として、今日は華磐科技《ホアチンテクノロジー》の買収業務を代理で行うために、ここに来た。

しかし、まさかその仕事で、意外な人に出会うとは思ってもみなかった。

昔の記憶が蘇《よみがえ》った。あの時おばさんは、科学技術系の会社の責任者だと言っていたが、まさか五年後に、高仕徳《ガオ・シードー》の母親の会社を買収することになるとは……。

しかしその驚きの表情も、アメリカで見た光景を思い出すと、すぐ冷たい笑みに取って代わられた。

「書《シュー》……」

バン！

高仕徳《ガオ・シードー》が笑みを浮かべて一言言いかけた瞬間、左顔面にパンチをくらい、すぐに頬《ほお》に赤い痕《あと》がついた。

「何をするんだ！」

周りに立っている社員たちは、社長が殴られたのを見ると、いきり立った。何人かの男性社員が駆け寄り、周書逸《ジョウ・シューイー》を押しのけようとした。

「……」

高仕徳《ガオ・シードー》は、数年ぶりに会ったその人を罪悪感に満ちた目で見た。

周書逸《ジョウ・シューイー》の両隣に立っていた劉秉偉《リウ・ビンウェイ》と石哲宇《シー・ジョーユー》は、大学時代のように周書逸《ジョウ・シューイー》の衝動的な行動を止めようとはせずに、ただ目の前で起きていることを冷静に見つめていた。それぞれが身につけた仕立てのよいスーツは、少年から男への成熟を表すだけでなく、かつての友情がもうそこにはないことを意味しているようにも見えた。

「何でもない。みんな自分の仕事をして」

熱くなった頬を無視して、社長は手を上げて社員たちの行動を止めると、会議室の方向を指差しながら、誠逸《チョンイー》グループの代表を見つめて言った。

「仕事のことは中で話しましょう」

周書逸《ジョウ・シューイー》が一歩前に踏み出すと、後に続く石哲宇《シー・ジョーユー》と劉秉偉《リウ・ビンウェイ》を、高仕徳《ガオ・シードー》は手を上げて阻止し、彼と二人だけにしてくれと眼差しで訴えてきた。二人は顔を見合わせると、何も言わずに下がった。かつての同級生への最後の情けだった。

「どうも」

すれ違いざまに、高仕徳《ガオ・シードー》は小さな声でお礼を言うと、深く息を吸って会議室に入っていった。

＊　＊　＊

「どういうつもりなんだ」

会議室は、すりガラスによって外からの目が遮断されている。周書逸《ジョウ・シューイー》は中に立ち、入り口で立ちつくしている男を冷たい目で見つめていた。

「すまない……」

高仕徳《ガオ・シードー》は、目を伏せてドアのハンドルを見ていた。顔を上げて、数年ぶりに会ったその人を見ることすらためらった。

「すまないだと？　何に対してすまないんだ」

辛辣《しんらつ》な口調で、自責の念に満ちた相手の謝罪の言葉を皮肉った。

「長い間、待たせた」

「待たせた、だと？　誰がお前を待ってるんだ。思い上がるな」

周書逸《ジョウ・シューイー》は、歯を食いしばりながら、話を続けた。

「でも、まさかここで会うとはな。それもこんなに早く。連絡がなくなって『五年』しか経たずに」

「五年」という言葉を、強調するように強く発音した。憎しみも同じように強いとでもいうように。

「書逸《シューイー》……」

「周《ジョウ》副社長と呼べ」

周書逸《ジョウ・シューイー》は動揺して震えていたまぶたを閉じ、力を込めて深く息を吸ってから再び目を開けると、胸を張って冷淡に言った。

「誠逸《チョンイー》グループを代表して、華磐科技《ホアチンテクノロジー》との合併を担当するために来た。引き継ぎを進めるので、求める資料を提出するように」

「書逸《シューイー》、連絡をしなかったのには理由があるんだ。俺は……」

あまりにもつらく、高仕徳《ガオ・シードー》の顔が歪《ゆが》んだ。会えなかった理由があるのだが、今はまだ言えない。周書逸《ジョウ・シューイー》は高仕徳《ガオ・シードー》の右肩を叩くと、威圧的な口調で言った。

「仲よくしようとするな。全て仕事上の関係だ。それから、直近三年の評価資料を出すよう人事に伝えろ。人員削減に使う」

そう言うと、肩に置いた手をわざと挑発的に、胸の上へと滑らせた。

周書逸《ジョウ・シューイー》がガラスドアのハンドルを持ち、ドアを開けた瞬間、それが高仕徳《ガオ・シードー》によって押し戻された。誠逸《チョンイー》グループの副社長は、高仕徳《ガオ・シードー》とドアの間に挟まれてしまった。

「社員の権益は保護されると、契約書にあるはずだ」

「但し書きを読め。将来の会社の発展のためなら、適宜人事の調整を行える」

周書逸《ジョウ・シューイー》は、勝者の笑みを浮かべながら、自分を止めた男を押しのけてドアを開け、会議室を出た。


オフィスでは、会社の行く末を心配する社員たちが、自分の席から会議室の様子や、誠逸《チョンイー》グループの代表者である他の二人のことを、チラチラ見ていた。ただ、もともと変人である余真軒《ユー・ジェンシュエン》だけは、シャドーボクシングをしていた。なぜなら、もし社長が周《ジョウ》副社長に倒されたら、次の相手は技術長である自分だから。

ふざけるなよ。喧嘩《けんか》なら誰にも負けないし、殴られても抗議もしない社長と違って、俺は絶対に反撃する。

「何見てるんだ？　仕事をしなくていいのか？」

石哲宇《シー・ジョーユー》は休憩コーナーのカウンターチェアに座っていたが、周りからの視線に耐えられず、振り返って華磬《ホアチン》の社員たちを怒鳴りつけた。すると、テーブルの下で劉秉偉《リウ・ビンウェイ》にそっと袖を引っ張られ、小声で注意された。

「高仕徳《ガオ・シードー》への怒りをぶつけるな」

「違う」

劉秉偉《リウ・ビンウェイ》を睨《にら》みつけ、すぐ言い返した。同時に、会議室のドアが引き開けられ、会社の責任者である二人の男が、前後してこちらへと向かってきた。

「考え直せ」

周書逸《ジョウ・シューイー》を追いかけると、高仕徳《ガオ・シードー》は袖を引っ張り、声をひそめて言った。しかし周書逸《ジョウ・シューイー》は口角を上げて笑うと、手を払いのけ、不安げな表情をしている社員に向かって声を上げて宣告した。

「二分の一――人員削減を行う。二分の一の社員だ」

そして振り向くと、自信満々の笑顔で華磬科技《ホアチンテクノロジー》の社長に言った。

「お前が間違いなく最初だ。秉偉《ビンウェイ》、車を用意して」

「了解」

周書逸《ジョウ・シューイー》はそう言い放つと、社員たちの反応を無視し、ドアの方へと立ち去っていった。劉秉偉《リウ・ビンウェイ》はすぐにブリーフケースを手に取って追いかけた。

「哲宇《ジョーユー》……」

高仕徳《ガオ・シードー》は懇願《こんがん》するような弱々しい目で、ゆっくりと椅子から立ち上がる石哲宇《シー・ジョーユー》を見つめた。けれども、大学時代の友人であり、友人以上の感情を抱いていた男は、軽蔑の眼差しを向けると言った。

「俺は特別補佐。そして、あなたとはあまり親しくない同級生に過ぎないから。もし、周書逸《ジョウ・シューイー》との間に何か問題があるなら、俺ではなく、自分で解決してくれ」

そしてスーツのポケットに手を入れ、オフィスから出ていった。

＊　＊　＊

華磬科技《ホアチンテクノロジー》ビル前

「高仕徳《ガオ・シードー》が華磬科技《ホアチンテクノロジー》の社長とは知らなかった。裏切り者との再会だが……平気か？」

石哲宇《シー・ジョーユー》は周書逸《ジョウ・シューイー》のそばを歩きながら彼の重苦しい表情を観察し、この大切な友人を気遣っていたが、元来の口の悪さのせいで、傍目《はため》には皮肉にしか聞こえない。

四年前に起きたことを全て知っているので、周書逸《ジョウ・シューイー》の味方になると決めた。彼自身も、周書逸《ジョウ・シューイー》の気持ちを裏切った高仕徳《ガオ・シードー》が許せなかった。

周書逸《ジョウ・シューイー》は石哲宇《シー・ジョーユー》を横目で見ながら、そのまま問い返した。

「俺も聞くけど、お前こそ、平気か？」

最初に高仕徳《ガオ・シードー》に惚れたのは自分ではなくて、この石哲宇《シー・ジョーユー》だ。

「俺はいいの。俺は予選敗退だけど、誰かさんみたいに優勝したのに失格になったわけじゃないから」

石哲宇《シー・ジョーユー》は肩をすくめた。遥か昔の大学時代のことは、彼にとっては小さな断片に過ぎず、今の彼とは全く関係ない。それに、彼のそばにはもっと素晴らしい相手がいるのだから。

親友の平気そうな顔を見ると、周書逸《ジョウ・シューイー》は何とも言えないイライラ感に襲われた。それはまるで、思いっきり象を引っ掻いた猫が、皮膚の厚い象から「掻いてくれてありがとう」と、言われたような気分だった。

「俺の気分は上々さ。これ以上ないってほどに」

負けず嫌いな彼は、心の動揺を悟られないように、平然とした口調で言った。

「本当か？　そうなら、社員の二分の一削減なんて言わないだろう。周書逸《ジョウ・シューイー》、忘れるな。本社の老いぼれどもが、今回、華磬科技《ホアチンテクノロジー》をどう処理するか見ているってことを。株主の支持に影響すると、父親の跡は継げなくなる」

「考えた上での決断だ」

周書逸《ジョウ・シューイー》は立ち止まることなく、さらに足を早め、車道の端に停めてある自家用車のドアを開けた。

「だといいが」

親友の後ろ姿を見ながら、石哲宇《シー・ジョーユー》はため息をついて、吐き捨てるように言った。

＊　＊　＊

華磬科技《ホアチンテクノロジー》の屋上

高仕徳《ガオ・シードー》が、階段を上って屋上に行くと、しばらくそこで待っていた余真軒《ユー・ジェンシュエン》がいた。

「飲むか？」

持っていた飲み物を渡したが、余真軒《ユー・ジェンシュエン》はそれを受け取らず、率直に聞いてきた。

「あの人が人員削減をすると言った原因は、社長でしょ？」

余真軒《ユー・ジェンシュエン》が言う「あの人」とは、誠逸《チョンイー》グループの副社長のことだ。彼の話し方は唐突だが論理的で、会社を継いだ当初はなかなかわかりにくかった。しかし時間が経つにつれ、このパターンにもだんだん慣れてきた。

「絶対に阻止するよ」

「二人には何かあったんですか？　ありましたよね」

社長の顔を指差すと、余真軒《ユー・ジェンシュエン》は周りをぐるぐると回り、自分の思うところをそう口にした。

「個人的なことだ」

明らかにこの話題に触れられたくない、という口調だった。普通の人ならすぐに話題を変えるはずだが、余真軒《ユー・ジェンシュエン》は残念ながら「普通の人」ではない。頭の中で考えたことが、そのまま口に出てしまう。

「個人の問題が、すでに会社に影響を与えてますよ。母親が帰国を許したからといって、好きにできると思わないでください。マザコン」

高仕徳《ガオ・シードー》は苦笑いした。手を伸ばして相手の肩をつかみ、目の前をうろうろするのを止めた。

「余真軒《ユー・ジェンシュエン》、君の目に俺がどう見えているのかは気にしない。けれども、俺はアルファ計画の発案者であり、合併の処理も担《にな》う。おまけに、この会社は俺の身内が創業者なんだ」

「それなら、人員削減を阻止してください！」

「社員思いなんだな」

「社員思い？　これが社員思いなんですか？」

首をかしげながら、言葉の意味を理解しようとしたが、脳のデータベースに何も見つけられなかった。そこですぐ諦めて、高仕徳《ガオ・シードー》の飲み物を手に取り、丁寧にお礼を言った。

「ありがとうございます」

話が終わると、ぶつぶつと独り言を言いながら、階段の方へ歩いていった。

「あの傲慢《ごうまん》副社長にも理解者が必要なんですよ。リストラの最初はあなたなんだから、自分のことをまず心配してください！」

「……」

高仕徳《ガオ・シードー》は飲み物を手にしたまま、先程の周書逸《ジョウ・シューイー》の顔を思い出した……。昔の周書逸《ジョウ・シューイー》なら、たくさんの人を敵に回すような立場を選ぶはずがない。むしろ、データやファクトを元に、反対する人々を説得する側だった。

そもそも人員の半分削減も、彼本来のやり方ではない。この五年間に、いったい何があったのだろうか。社員に対して、あれほど容赦《ようしゃ》なく、理解しがたい手段を使うなんて……。

そう考えると、ポケットからスマホを取り出し、五年ぶりの番号に電話をかけてみた。

――「もしもし」

呼び出し音の後、ようやく繋がった電話の向こうから爽やかな男性の声が聞こえてきた。

「秉偉《ビンウェイ》、書逸《シューイー》の住所を教えてくれないか。直接話したいことがあるんだ」

屋上に上がる前に、周書逸《ジョウ・シューイー》が以前住んでいた家に電話してみたが、繋がった相手は見知らぬ女性だった。前の住人はすでに引っ越したという。

電話帳に残っている番号の中で、石哲宇《シー・ジョーユー》の番号は繋がらず、劉秉偉《リウ・ビンウェイ》の番号が唯一の希望となった。

「秉偉《ビンウェイ》？　俺だ。高仕徳《ガオ・シードー》」

会社で再会した時、気付いた。かつての同級生である劉秉偉《リウ・ビンウェイ》と石哲宇《シー・ジョーユー》は、わざと自分と距離を置き、二人の視線には許せないという敵意がこもっていることを。

案の定、電話の向こうからは長いため息が漏れ、どう答えるべきか、という沈黙が続いた。

――「感情的な問題は、他人がどうこう言うのは難しいだろうけど、それでも聞きたい。四年前、書逸《シューイー》とお前の間にいったい何があったんだ？　あの時、アメリカから帰ってきた書逸《シューイー》がすっかり変わってしまったことを、知ってるか？　当時、俺と哲宇《ジョーユー》は毎日あいつのそばにいた。何かありえないようなことが起きたらやばいと思って……。

マジで、お前の電話は取りたくもないし、仕事のことなら会社で話してくれ。友達だったなんてことは、なかったことにして、俺のことも知らないことにしてほしい」

「秉偉《ビンウェイ》、どうしても話したいことがあるんだ。直接彼と話したい。書逸《シューイー》の家はどこなんだ」

――「電話の目的はそれなのか？　書逸《シューイー》がどこに住んでいるのかを聞くためなのか？」

「お願いだ」

懇願するような口調に、電話の向こうからは再びため息が聞こえ、その後は長い沈黙が続いた。

――「ああ！　なんで俺なんだよ。この前、哲宇《ジョーユー》に警告されたんだ、お前と一切関わりを持つな、と。だから、誠逸《チョンイー》グループ人事部の電話番号しか教えられないが、必要な情報を得られるかどうかは、お前次第だ」

＊　＊　＊

周書逸《ジョウ・シューイー》の家

周書逸《ジョウ・シューイー》は疲れた体を引きずって帰ってきた。玄関に足を踏み入れるやいなや、まだ閉まっていないドアが、後ろからついてきた男に引っ張られた。

「書逸《シューイー》」

「――」

驚いて振り向くと、そこにはまさかの一番見たくないあの男が立っていた。ドアを閉めようとしたが、相手に阻《はば》まれた。

「書逸《シューイー》」

「どうして家を知っているんだ？　いい加減にしてくれ！」

引っ越したことを知らないはずなのに、ここに現れるなんて。誰かが明かしたのだろう。

「話したいことがあるんだ」

「俺は、仕事以外で話すことはない」

「十分間だけくれ、十分だけ」

その懇願するような声は、周書逸《ジョウ・シューイー》の心を揺り動かした。ドアノブを握っている手の力をゆっくりと緩め、高仕徳《ガオ・シードー》を家に入れた。

二人の後ろで、頑丈な木製の扉が重い音を立てながら、のろのろと閉まった。高仕徳《ガオ・シードー》は、周書逸《ジョウ・シューイー》のしかめっ面と胃を押さえる手を見て、すぐに異状に気が付いた。

「また飯を抜いたのか？」

「関係ないだろ」

高仕徳《ガオ・シードー》は、話したかったことを一旦脇に置き、スーツの上着を脱いで、シャツの袖をまくり上げた。そして家の中を見回すと、キッチンの方へ歩いていった。

歩みを進めれば進めるほど、驚きで気持ちがざわついた……。

なぜなら、部屋のデザインも、装飾も、壁に掛けられた絵まで、自分の好みのスタイルだったから。そしてそれはまた、「働いてお金ができたら、こんなふうにしたい」、とかつて周書逸《ジョウ・シューイー》に話した「家」そのものだったから。つまり、周書逸《ジョウ・シューイー》が以前住んでいたところから離れて、ここで一人暮らしをしているのは、自分との関係を絶つためではなく……待つため？

「何するつもりだ？　勝手に入るな！」

周書逸《ジョウ・シューイー》が追いかけてきた。自分だけの空間が、最も憎む男に侵入され憤慨していた。しかし高仕徳《ガオ・シードー》は何も言わず、脱いだ上着を壁のフックに掛けると、冷蔵庫を開けて使える食材を探した。

「何をしているんだ？　勝手に冷蔵庫を開けるな。いったい何がしたい？　話さないのかよ。答えろよ！」

冷蔵庫を開けた高仕徳《ガオ・シードー》は、中にニンジンが入っているのを見て、それに気を取られてしまった。

「チャーハンしか作れないけど、いいか？」

笑顔を作ると、冷蔵庫から卵とハムを取り出し、家主の怒りを無視して優しく言った。

「まずは腹を満たして機嫌を直そう。話はその後で」

周書逸《ジョウ・シューイー》は怒りのあまり、キッチンから出ると、鍵を床に叩きつけ、スーツの上着を脱いでソファーのクッションに投げつけ、黒いレザーのソファーに身を投げ出した。

キッチンに無断侵入した招かれざる客は、上手に片手で卵を割り、それがフライパンに泳いでいくのを見ながら、思い出に浸った……。

――「唐辛子も入れて」

思い出の中の二人は、互いの感情を確かめあったばかりの大学生で、毎日一緒にいても飽きることがなかった。周書逸《ジョウ・シューイー》は高仕徳《ガオ・シードー》の家に泊まるのが好きで、いつもおいしい料理をいろいろ作ってもらっていた。ただ、胃が弱いのに辛いものが好きで、高仕徳《ガオ・シードー》が見ていない隙《すき》を狙っては、刻んだ唐辛子をこっそり入れていた。チャーハンのような唐辛子を入れるべきではない料理さえも、魔の手にかかってしまうのだった。それでいつも高仕徳《ガオ・シードー》を怒らせたが、どうしようもなかった。

――「ダメだ。胃が弱いんだから」

――「少しぐらい問題ないよ！」

背中にくっつくと、指先につまんだとても辛い唐辛子を回しながら、駄々をこねるように言った。

――「絶対にダメだ」

――「平気だってば！」

――「いい子だから、座って待ってろ」

――「ニンジンは入れないで」

――「目にいいから」

――「嫌いなんだ」

――「いくつになっても好き嫌いがあるんだから」

――「唐辛子を諦めたんだ。ニンジンもだ」

高仕徳《ガオ・シードー》はため息をつき、いきなり恋人にキスをして、その隙に、ニンジンと青ネギをチャーハンに流し込んだ。

――「あ！」

周書逸《ジョウ・シューイー》が叫んだ。

――「手が滑った」

甘えに対抗するちょっとした技が彼の唯一の武器だが、しかしそれは恋人の不満を呼び、抗議へ繋がっていった。

――「俺は食べないぞ」

――「俺が作ったんだ。残さず全部食べろよ」

そう言いながら、相手の目の前でわざとニンジンを混ぜたチャーハンを炒めた。

――「アメリカから帰ったら、俺の手料理で迎えてやる」

――「食べられる物か？」

――「どっちにしろ、俺が作った物は全部食べなくちゃだめだから」

――「何を作る気だ？」

――「それは……」

周書逸《ジョウ・シューイー》は、唐辛子の頭をつまんで、尖《とが》っている方で相手の鼻を叩くと、からかうように言った。

――「ニンジンの入ってないチャーハンさ」

――「具は唐辛子だけとか？」

――「プッ、それもおいしそうだな」

――「周書逸《ジョウ・シューイー》、冗談はやめてくれ……」

――「やってみないとわかんないだろ。おいしいかもよ」

美しい思い出が、煮え立ったスープに溶け込んでしまった。

高仕徳《ガオ・シードー》はガスコンロの火を消すと、調理台に置かれたニンジンと、食器棚に整然と並べられた食器を見つめた。

ニンジンを食べない人が、食べろと言われていた食材を冷蔵庫に入れていた。子どもの頃からお手伝いさんに世話されていたのに、一人暮らしを選んだ。かつて食器洗いスポンジの使い方もわからず、水に浸した布巾《ふきん》を絞らずにテーブルを拭いていた人が、今は家の中をきれいに維持している。

あいつは俺との幸せな未来を迎えるために、こんなにも努力をしていたのに、俺は相手にニンジンを食べさせる権利すら失ってしまった。なぜならそれは「恋人」の権利であって、住所すら知らない「他人」の権利ではないのだから。

今回のチャーハンには、彼が大嫌いなニンジンを入れてはいない。

それは、周書逸《ジョウ・シューイー》にとって今の自分は、大嫌いな——赤の他人に過ぎないから！

思わずため息が出た。それでも熱々のチャーハンとコーンスープを器に入れ、トレイで、リビングの隅の食卓まで運ぶと、ソファーに座っている周書逸《ジョウ・シューイー》を呼んだ。

「できたぞ。先にスープを飲んで胃を温めろ」

同じように過去の思い出に浸っていた周書逸《ジョウ・シューイー》は、現実に引き戻されると、冷たい笑みを浮かべて言った。

「帰ってくるやいなや、彼女の仕事を取るな」

「彼女?」

周書逸《ジョウ・シューイー》は顎《あご》を上げて、食卓の横に立っている男の方に向かった。

「お前がアメリカに行ってまもなく、李佳菁《リー・ジィアチン》とつき合うことになったよ。そう、聿欣《ユーシン》が紹介してくれた子だ」

「冗談のつもりか?」

「冗談?」

話せば話すほど得意げになり、相手を傷つけるような話を続けた。

「やっぱり女の子はいいよ。抱きしめた時、体が柔らかくて最高だ。唇の感触もな……」

右手の人差し指を高仕徳《ガオ・シードー》の唇に当てると、顔を自分の方に向けた。

この唇もキスも、この男の全ても、自分のもののはずだったのに、他の女に触らせた。だから、わざと再現した。あの時テキサス州で見た、金髪の女の子が指で彼の唇を拭《ぬぐ》った真似《まね》を。昔も今も愛しくてたまらない唇を、挑発するようにゆっくりと撫《な》で回した。

指に触れられると、高仕徳《ガオ・シードー》の呼吸もだんだん乱れていった。

「書逸《シューイー》、こんなやり方で怒らせるな。五年も待たせてしまった借りがあることはわかっている」

その言葉を聞くと、周書逸《ジョウ・シューイー》の顔色が瞬時に変わった。指を引っ込めて一歩下がり、目の前の男を皮肉った。

「五年？　俺がそんなにお前を待っていたという自信は、どこから来るんだ？　彼女との交際は順調で、近々、父親にも紹介しようと思っている。お前は何様のつもりだ？　俺はクソ野郎のために五年も無駄にするほどお人よしじゃない」

「そうか」

ため息をつくと、憎しみに満ちた顔に対峙《たいじ》するように足を踏み出し、手を伸ばして周書逸《ジョウ・シューイー》の手首をつかんで、嘘を暴いた。

「その彼女との関係はよくないだろ。名字は李《リー》ではなく、何《ホー》だったということを忘れているようだな」

「……」

くそ！

高仕徳《ガオ・シードー》には、そんな簡単に見破られてしまうのだろうか？　そんなにも簡単なことなのか？

嘘がバレてしまった周書逸《ジョウ・シューイー》は、相手の手を振り切ると、歯を食いしばって冷たく言った。

「お前への気持ちはない」

「それならまた追いかけるさ」

手をつかみ直すと、断固とした口調で言った。

「怒ってようが諦める気はない」

「怒ってるって？　俺は怒っていない！」

周書逸《ジョウ・シューイー》は眉を上げて笑うと、相手の左顎を殴りつけ、渾身《こんしん》の力で叫んだ。

「恨んでるんだ！」

そう言って手を振りほどくと、ソファーからスーツの上着を拾い上げ、高仕徳《ガオ・シードー》の顔に投げつけて強く警告した。

「失《う》せろ。さもないと不法侵入で通報する」

そして、説明の機会を与えることなく、階段を踏みしめて、二階へと上がっていった。

「……」

高仕徳《ガオ・シードー》は、立ち去る相手の後ろ姿を見て、寂しい目をしていた。

書逸《シューイー》は、怒っている！

大切な恋を守れなかったのは、俺のせいだ。

何も言わないと決めた自分のせいで、二人の距離はどんどんと遠ざかり……。

床に落ちた上着をゆっくりと拾い上げ、丁寧に畳んでソファーに置くと、キッチンに入り、壁のフックからブルーグレーの上着を取った。愛の証であるブレスレットを着けた右手をゆっくりと袖に通し、男の戦闘服を着た高仕徳《ガオ・シードー》は、周書逸《ジョウ・シューイー》の家を後にした。

家の外は、雨がしとしとと降っていた。

物音が聞こえなくなってから、周書逸《ジョウ・シューイー》は階段を下り、リビングの食卓に向かった。

すでに冷めてしまった料理の横には、こんなメモがあった。

悪いのは俺で、食べ物じゃない。少しは食べてくれ。恨み続けられるように自分の体に気をつけて。明日また会社で。

椅子を引いて食卓に座ると、昔の会話を思い出した。

――「メールは好きじゃないけど、お前専用のアカウントを作った。頭脳テストだ。このメールの意味がわかる?」

Abruti87887278@gmail.com――それが、二人だけのアカウントだった。

Abruti はフランス語でバカという意味だ。

８７８８７２７８はアスキーコードに対応する。８７はW、８８はX、７２はH、７８はNだ。中国語の発音に置き換えると『私はあなたが好き』だ。

Abruti87887278は――、

『バカみたいにあなたが好き』。


「……」

メモをくしゃくしゃにしてから、スプーンと箸を手に取り、目に涙を浮かべながらニンジンの入っていないチャーハンを一口ずつ口に運んだ。冷めても懐かしい味だった。

冷めたご飯は冷めた感情と同じで、かつての温もりを取り戻すことはできない。

これは最後の約束を味わっている。高仕徳《ガオ・シードー》がアメリカから帰ってきたら、料理を作ろうという二人の約束を……。

明日からはこれまでの日常に戻るのだ。一人でデリバリーを注文し、一人でご飯を食べ、一人で食器を洗い、そして一人で、高仕徳《ガオ・シードー》のいない部屋で待つ。

＊　＊　＊

華磐科技《ホアチンテクノロジー》ビル内

「人事と経理の資料は来てるが、開発部は？」

周書逸《ジョウ・シューイー》は、椅子の上で体育座りしながらペン回しをしている余真軒《ユー・ジェンシュエン》に質問した。

「過去の研究開発の成果は出しました」

「過去の実績だけではなく、開発段階のもだ」

会社の技術長であるにもかかわらず、会議の内容を意に介せず、ただマグカップでお茶を飲んでいるだけの余真軒《ユー・ジェンシュエン》を睨むと、不満げに日本語で言った。

「こんなこともできないのか？」

「まだ終わってないものは出せません。これが僕のやり方です」

思いもよらないことに、余真軒《ユー・ジェンシュエン》は標準的な日本語で周書逸《ジョウ・シューイー》の皮肉に応じた。周書逸《ジョウ・シューイー》は相手の顔を見つめると、厳しく言った。

「進捗状況を随時報告しろ。アルファの開発プロセスを把握するのが俺のやり方だ」

「傲慢だな」

「余真軒《ユー・ジェンシュエン》！　技術長としての責任を果たせ――」

余真軒《ユー・ジェンシュエン》の声はあまり大きくはないが、相手に聞こえるには十分だった。周書逸《ジョウ・シューイー》は不機嫌そうに机を叩いて、買収される側の技術長として取るべき態度を思い知らせた。

フォルダーの横に置いてあったペンが、テーブルを叩いた振動で転がり落ち、それが床に落ちる前に高仕徳《ガオ・シードー》がつかんだ。

持ち主に返そうとしたが、その相手は何も見えないふりをして、余真軒《ユー・ジェンシュエン》に向けて言い続けた。

「会社の技術長である以上、うちのやり方に従え。できないなら、自主退職はいつでも大歓迎だ。秉偉《ビンウェイ》、報告の続きを」

「……」

高仕徳《ガオ・シードー》は、静かにペンを元の位置に戻し、法務長である劉秉偉《リウ・ビンウェイ》が、先程中断された報告を続けるのを見ていた。


長い会議が途中休憩に入り、喉《のど》が乾いた周書逸《ジョウ・シューイー》がコップを手にすると、すでにそれは空《から》になっていることに気付いた。ガラスの仕切りの向こうにいる法務長に水を入れてもらおうと顔を向けた瞬間、あの男がコップを持って近寄ってきた。

「白湯《さゆ》だ」

しかし、この歓心を買うような行動は失敗だった。

周書逸《ジョウ・シューイー》は高仕徳《ガオ・シードー》を袖にして横を通り過ぎると、コップを仕切りの向こうの劉秉偉《リウ・ビンウェイ》に渡した。

「秉偉《ビンウェイ》、水をついできてくれ」

「ああ」

劉秉偉《リウ・ビンウェイ》は立ち上がり、給湯室に向かった。周書逸《ジョウ・シューイー》はそのまま彼の椅子に座ると、途中まで整理された資料を手に取って眺めた。

膠着《こうちゃく》状態の二人を見て、石哲宇《シー・ジョーユー》はどうしようもなくため息をついた。

会議室で無視された人は、水の入ったコップを置くと、歓迎されていない部屋を後にした。

完全に無視されようとも、プライドを捨てなければならなくとも、取り戻す方法が足を踏みつけられることだとしても、やるしかないのだ。

そうすることで、閉ざされた心をこじ開け、再び周書逸《ジョウ・シューイー》の世界に入り、ずっと追いかけていた彼を抱きしめられる。

＊　　＊　　＊

夜になり、劉秉偉《リウ・ビンウェイ》と石哲宇《シー・ジョーユー》は周書逸《ジョウ・シューイー》の後ろを左右について歩きながら、華磬科技《ホアチンテクノロジー》のオフィスビルから帰ろうとしていた。

石哲宇《シー・ジョーユー》が足を早めて友人に歩み寄り、声を落として提案した。

「会長は、アルファの開発進捗状況を注目している。みんなに人員削減の理由を……」

「話をしたところで、信じてもらえるか？　俺たちは外の人間だ。説明で時間を無駄にするくらいなら、言わない方がましだ」

周書逸《ジョウ・シューイー》は彼の提案に反対した。話が終わった途端、後ろから肩を叩かれた。劉秉偉《リウ・ビンウェイ》が何か言うことがあるのかと思って振り返ると、高仕徳《ガオ・シードー》だった。

「靴ひもが」

相手が反応する前に、社長である高仕徳《ガオ・シードー》は片膝をつくと、相手のほどけた靴ひもを手際よく結んだ。

その愛情溢《あふ》れる仕草に、社員たちから囁きが聞こえてきた。

「見て、社長が結んでる。普通、彼女にすることよね」

「そうね。雰囲気がやばくない？」

「社長と周《ジョウ》副社長は、何か秘密の関係があるのかな。普通はあんなふうに靴ひもを結んだりしないでしょ」

「シー、声が大き過ぎる。あの傲慢副社長に聞かれたら、真っ先にリストラされるよ」

高仕徳《ガオ・シードー》は、周りのあらゆる憶測の声を聞き流し、靴ひもが結ばれていることを確認すると、立ち上がって穏やかに微笑んだ。

「もう大丈夫だ」

次の瞬間、顔色を変えた周書逸《ジョウ・シューイー》は彼の手首をつかみ、引っ張って会議室の方に戻った。

目の前で起きていたことを全て見た石哲宇《シー・ジョーユー》は、皮肉った。

「チッ、来るべき時に来なくて、今になっておべっか使って。意味があるかよ」

二人が去る方を見て、劉秉偉《リウ・ビンウェイ》は少し心配そうに尋ねた。

「書逸《シューイー》は大丈夫かな？」

「平気だろ」

「そうだな」

うなずきながら、思わず相手の靴をちらっと見て、恥ずかしそうに尋ねた。

「靴ひもを……結ぼうか？」

「残念ながら、今日はひものない靴だよ」

そう言うと、口角を上げ、ドアの方へ歩いていった。

「じゃあ、靴ひものあるのにして……」

劉秉偉《リウ・ビンウェイ》は、冷たく言われてもめげずに、うれしそうに追いかけ、歩きながら自分のサービス精神をアピールすることを忘れなかった。

＊　　＊　　＊

会議室では、周書逸《ジョウ・シューイー》が高仕徳《ガオ・シードー》をさらに社長室に引きずり込み、暗い表情で口を開いた。

「社員の前で俺に恥をかかせたいのか？」

「もう一度追いかけると言っただろ。そして、それをやろうとしている」

高仕徳《ガオ・シードー》は愛する人をじっと見つめると、真剣に言った。

「君にもう一度受け入れてもらうためなら、俺はどんなことだってする」

「……」

胸が、紛れもなく早鐘を打ち鳴らした。

どんなこともする？

笑わせるな！

今さらやってきて、高仕徳《ガオ・シードー》、俺を何だと思ってるんだ？

自分の思い通りに操れるおもちゃか？

それとも、お前なしでは生きていけないドラマのヒロイン？

五年もの間会っていなかったこの男を、室内の明かりの下で見れば、顔からは青臭さが抜け、前髪を上げたその下には明るい瞳……その全てが苛立《いらだ》ちとなり、周書逸《ジョウ・シューイー》は拳を握りしめた。

くそ！

こいつが自分に与える影響力は未だに嫌というほど強烈で、五年前よりもさらに強くなっていた……。

「俺に受け入れて欲しいなら、わかった」

何かを決心したように、怒ったままドアまで歩き、ゆっくりと閉めて鍵をかけた。振り返って高仕徳《ガオ・シードー》の前に来ると、手のひらを相手の胸に押し当てた。

一歩踏み出すたびに、相手は一歩下がり、また一歩踏み出すと、また一歩下がる。高仕徳《ガオ・シードー》の腰が机にぶつかり、向かい合っていた二人は足を止めた。

「どんなことでもするんだろ？　じゃ……くれよ」

互いの息遣いが感じられるほど近い距離で、相手の激しい胸の鼓動が胸とシャツの壁を通り越して、胸に押し当てた指先から自分の方へと伝わってきた。

熱い吐息を高仕徳《ガオ・シードー》の首筋に吹きかけ、魅了されるままに、大胆に指でシャツの下の膨らみを撫でながら、挑発的な笑みを浮かべた。そして、机の上に押し倒されている男を見ながら、温かい手で相手の頬を撫で、もう片方の手で資料を机から払い落とし、からかうように言った。

「どうした、怖気づいたか？」

かつて愛のために男のプライドを捨て、相手に自分を捧げた。

これで最後だ。プライドを取り戻すために……。

そうすれば借金は清算され、誰にも借りがなくなり、もう誰のためにも心を痛めない。

「わかった」

「何？」

思いがけない答えに、主導権を握っている方が慌てた。

「わかったと言ってる」

高仕徳《ガオ・シードー》は苦笑いしながら、答えを繰り返した。そして体を起こすと、周書逸《ジョウ・シューイー》の唇にキスをした。

「俺の真剣な思いを君に伝えられるなら……」

そう言うと自分の胸元に指を伸ばした。そして、慌てて後ずさりする相手を見ながら、高仕徳《ガオ・シードー》はシャツのボタンを一つずつ外し、深い想いを告白した。

「君がしたいことは、何でもする」

「高仕徳《ガオ・シードー》、お前――」

息が止まりながらも、シャツの下の胸元に思わず目が行ってしまった。

「書逸《シューイー》……」

そう言いながら指先をゆっくりと相手の胸に伸ばし、黒いボタンを親指で押し当て、そしてまたゆっくりとボタンを外し、言った……。

「あげるよ」

第二章　信じて裏切られた苦しみ

四年前

周書逸《ジョウ・シューイー》はバーで一人酒を飲み、何のメッセージも来ないスマホの画面を見ながら、声を詰まらせた。

「どうりでメール一つ送ってこないわけだ」

「ほら見て、あの人……」

隣の客が、軽蔑の目で酔った彼を見つめていた。周書逸《ジョウ・シューイー》はスマホを床に叩きつけると、悪態をついた。

「何を見てる？」

不穏な空気に気付いたバーテンダーが、すぐにカウンターの後ろから出ると、周書逸《ジョウ・シューイー》のそばに行き、心配そうに尋ねた。

「お客様、大丈夫ですか？　車を呼びますか？」

酔っ払った男は手を振ると、腰を屈《かが》めてスマホを拾い上げ、ひび割れた画面の待ち受けに映し出された二人の写真を見つめた。

あえて会うこともせず、そばにいた金髪の女の子が誰なのかを問うこともしなかった。今まで努力した結果が、惨めな結果になるだけなら……。だから、逃げた。自分を苦しめる場所から逃げて、台湾に戻った。信じて裏切られた苦しみは、何よりもつらいものだった。

「おつりは結構だ、ヒック」

財布からお札を取り出し、グラスの下に挟むと、よろよろとバーから出た。道端でタクシーを拾い、孤独と寂しさしかない家に帰った。

「高仕徳《ガオ・シードー》……会いたい……会い……たい……」

ベッドに横たわり、また涙を流しながら眠りに落ちた。夢の中だけは、一番幸せだった頃に戻れるのだ。

あいつがそばにいた頃に……。

＊　　　＊　　　＊

「どんなことでもするんだろ？　じゃ……くれよ。どうした、怖気づいたか？」

「わかった。俺の真剣な思いを君に伝えられるなら……君がしたいことは、何でもする」

オフィスの中で、二人は目を合わせた。心臓の鼓動、上がっていく体温、乱れる呼吸……それらが部屋中に満ちていった……。

高仕徳《ガオ・シードー》が、周書逸《ジョウ・シューイー》のシャツの一番上のボタンにゆっくりと手をやり、まっすぐに見つめながら言った。

「欲しいものは全部あげるよ」

予想外の反応に、挑発した方が一瞬呆然とした。高仕徳《ガオ・シードー》は立ち上がると相手に迫り、耳元に口を寄せて、最も聞き慣れた声で優しく尋ねた。

「手を貸そうか」

指が耳の後ろに沿って首筋まで滑り、喉仏《のどぼとけ》で止まると、ネクタイを緩めて一番上のボタンを外した……。

「お前はビッチか？」

我に返った周書逸《ジョウ・シューイー》は、胸に当てられている手を振り払い、怒りながら高仕徳《ガオ・シードー》を押しやると、ドアの方に向かい、ハンドルを引いて社長室を後にした。

高仕徳《ガオ・シードー》がいる場所から……離れたのだった。

「……」

高仕徳《ガオ・シードー》はかつての恋人が立ち去る後ろ姿を見つめていた。彼はもう自分に微笑んでくれることもなく、冷酷な顔をしているだけだった。目を閉じて深呼吸をしたが、胸にたぎる痛みを抑えることはできなかった。

彼には話せない理由があった。しかし、その理由が親密だった二人を切り裂いたのだ。後悔、ただ後悔しか残らなかった。

周書逸《ジョウ・シューイー》の心の中に残っている思いを取り戻したい。たとえ少しであっても、そのピースを拾い上げて完全な形に組み上げるから。

けれども、一つもなかったらどうすればいいのか。

右手の手首に目をやった。そこには愛の証であるブレスレットがある。しかし、相手の手首には、何もなかった。

あのブレスレットは、もはや持ち主すら忘れてしまった場所に放置されているのではないか。ちょうど「高仕徳《ガオ・シードー》」を過去に置き忘れたように、思い起こさないようにしているのではないだろうか。

＊　　＊　　＊

自家用車の広々とした後部座席は、黒い牛革張りで対面式シートになっており、所有者のステータスを誇示していた。

運転手の真後ろに座っている周書逸《ジョウ・シューイー》は、ドア脇の肘《ひじ》掛けに肘を乗せ、窓の外の景色を眺めていた。同じように後部座席に座っている石哲宇《シー・ジョーユー》が我慢できずに沈黙を破り、さっきあったことを尋ねた。

「書逸《シューイー》、高仕徳《ガオ・シードー》と会議室に行って何を話したんだ？」

「そうだ、どうだった？」

劉秉偉《リウ・ビンウェイ》は車に乗ってから一言もしゃべらない友人を見て、心配そうに尋ねた。

「今回の引き継ぎは、俺と秉偉《ビンウェイ》で進めるか？　このままだと、過去に仕徳《シードー》と関係していたことが社内に知れ渡るんじゃないかと心配だよ」

「誰があいつと関係していたんだ？」

からかう感じで言ったところに、激しい怒りが返ってきたので、石哲宇《シー・ジョーユー》は肩をすくめ、話を続けた。

「とっくに離れたはずなのに、なぜ怒る？　それとも、今も未練があるのか？」

「一・切・ない！　石哲宇《シー・ジョーユー》、お前は心理アドバイザーか？　わかっているような顔して、腹が立つ」

特別補佐を睨《にら》みつけると、それから横目で向かいに座っている劉秉偉《リウ・ビンウェイ》を見て、不機嫌そうに言った。

「お前も首を突っ込むな」

「ああ」

わけもわからず、怒りをぶつけられた劉秉偉《リウ・ビンウェイ》はうなずいた。大学の頃から周書逸《ジョウ・シューイー》が突然感情を爆発させることには慣れている。とは言え、隣の人が同じように我慢できるかというと、そうではないようだった。

特別補佐は皮肉っぽく笑って言った。

「劉秉偉《リウ・ビンウェイ》、お節介はやめとけと何度言ったらわかるんだ。お前は友達のつもりでも、相手も同じとは限らない。そんなに人に尽くしたいなら、寄付でもしろ」

明らかに劉秉偉《リウ・ビンウェイ》を見て話しているのだが、その言葉は全て、後部座席のもう一人に向けられていた。

「もう一度言うけど、寄付だったら税金控除という見返りがあるが、お節介しても今みたいに面《つら》を叩かれるだけで、何の利益も得られやしない」

「俺は、見返りは求めていない。俺は会社の法務担当だし、俺たちは書逸《シューイー》の友人でもある」

劉秉偉《リウ・ビンウェイ》は悔しそうに言い繕《つくろ》った。彼の考えでは、単に友人を気遣っているだけで、見返りを求めようというわけではないのだ。

「友人ならそんなに口出しすることないだろ」

「哲宇《ジョーユー》、そんなこと言うなよ。みんないい友達なんだから、そうすべきであって――」

石哲宇《シー・ジョーユー》は恋人の話を遮《さえぎ》ると、罵声《ばせい》を浴びせた。

「でしゃばり過ぎなんだよ」

今回は本当に腹が立っていた。劉秉偉《リウ・ビンウェイ》をいじめていいのは自分だけだ。他の人は、たとえ上司であっても、長年の親友であっても、こいつがかつて片思いした相手であっても、絶対許さない。

「でも――」

「悪かった」

周書逸《ジョウ・シューイー》はため息をつくと、やり合っている二人の間に割って入った。

「俺のせいだ。八つ当たりすべきじゃなかった」

「気にするな。どうせよく怒られているから」

劉秉偉《リウ・ビンウェイ》は手を振って、自分たちの諍《いさか》いは気にするなと言ったが、隣の石哲宇《シー・ジョーユー》は目を細めて顎《あご》を上げると、条件を付けてきた。

「いいわけないだろ。三ツ星レストランで十回おごれ。それなら許す」

「プッ」

「いいよ。その条件は飲む」

思いがけない和解の言葉に、二人は思わず笑い出した。気まずい雰囲気も、いつもの和やかな雰囲気に戻り、どのレストランに行くかという話題に転じた。

＊　＊　＊

華磬科技《ホアチンテクノロジー》　オフィス

「システムの安全性を優先しましょう」

「それが最優先事項であることは確かだが、過剰な安全性はシステムのロックダウンに繋がる。それが問題だ」

「それが問題ですか？　その件なら、以前話し合ったはずですし、そのために私たちはすでに……き……聞いてます？」

山治《シャンジー》は社長と技術長の会話に割って入ったが、話を終える前に社長が身を翻《ひるがえ》して離れていった。

「なんだよ」

社長の背中を見て、思わず心の中でつぶやいた。やはり、社長は誰かさんときっと何か特別な関係にあったに違いない。そうでなければ、なぜいつも周《ジョウ》副社長が入ってくると、すぐ声をかけるのだろう。


「おはよう。来てたんだな」

高仕徳《ガオ・シードー》は会議室のガラスドアを開けると、すでに座っていた周書逸《ジョウ・シューイー》に微笑んだ。

「俺たちは無視か」

石哲宇《シー・ジョーユー》は白い目で見ると、不機嫌そうに言った。

「二人とも、おはよう」

適当に二人に挨拶をした後、周書逸《ジョウ・シューイー》を見つめながら尋ねた。

「朝は食べた？」

「まだ。買ってきてくれない？」

「本気？」

周書逸《ジョウ・シューイー》の顔に浮かぶ笑顔を見ると、あっけにとられてしまった。この数日で、周書逸《ジョウ・シューイー》の冷たい言葉や無視に慣れていた。

再会して以来、初めて笑顔を見せた周書逸《ジョウ・シューイー》の口調は、恋をしていた頃と同じように甘ったるいものだった。タイムスリップしたかのような錯覚に陥った。

「ああ、もちろんさ。どうして？」

「何、何がいい？」

「好みは知ってるだろ？　任せる」

「わかった。胃に優しい粥《かゆ》にする」

突然過《あやま》ちが許された子どものように、驚きながらもうれしそうな顔をして、急いで朝食を買いに行こうとした。しかし出る前に、かつての友達に声をかけるのも忘れなかった。

「秉偉《ビンウェイ》、空腹の時にコーヒーを飲まないように見張って」

「わかった」

この光景を見た社員たちは、遠くに立って囁《ささや》き始めた。

「聞いた聞いた？　社長が、コーヒーを飲むかどうかまで気にするなんて！」

「ホントね。あの二人は絶対何か関係あるはず」

外から聞こえてくる噂話《うわさ》に耐えかねた石哲宇《シー・ジョーユー》は、社員たちの前に立つと、厳しく言った。

「おい、何見てるんだ？　暇なのか？」

怒られた社員たちは席に戻ったが、耳は依然として会議室の様子を窺《うかが》っていた。

石哲宇《シー・ジョーユー》は席に戻ると、恋人に頼んだ。

「秉偉《ビンウェイ》、コーヒー飲みたいから買ってきて」

「ああ」

恋人の使い走りに慣れている男は、自然と立ち上がると、恋人が好きなヘーゼルナッツアメリカーノを買いに、階下のチェーン店に行った。劉秉偉《リウ・ビンウェイ》が出ていくのを待って、石哲宇《シー・ジョーユー》は屋上を指差し、周書逸《ジョウ・シューイー》に言った。

「ついてきて。聞きたいことがある」

そこで二人は相前後して会議室を出ると、屋上に向かった。


「見たか？　見たか？」

誠逸《チョンイー》グループの代表者三人がしばらく離れると、散らばっていた社員たちが再び集まった。

「今、何見たのかな？　私の目がおかしいのかしら」

スーツ姿の大林《タアリン》は、自分が見たことが信じられず、目を擦《こす》った。

「社長は完全に誠逸《チョンイー》グループ側に寝返ったようだ」

短髪の山治《シャンジー》は哀愁を帯びた口調で言った。

「じゃあ、我々はリストラされるのかな？　妻に何と言えば……」

長年の独身生活からようやく抜け出した新婚半年足らずの伊麺《イーミイエン》は、髪を掻きむしりながら泣き叫んだ。

「一人目は私かな？　失業保険の申請方法は？　失業保険は申請できますか？」

一番年下のカーリーヘアーの小陸《シャオルウ》は、先輩たちを見回しながら、緊張して尋ねた。

「甘いな。そう簡単に申請できると思う？」

「じゃあ、どうすればいいの？」

「わからん。俺は泥でできた菩薩様《ぼさつさま》だから、川を渡る時、我が身さえ救えない。アーメン、いや、阿弥陀仏《あみだぶつ》だ」

社員たちは不安げに顔を見合わせた。少し離れた場所にいる余真軒《ユー・ジェンシュエン》だけが、何かを考えているように高仕徳《ガオ・シードー》が出ていった方を見ていた。

＊　＊　＊

「景色を見るために、連れてきたんじゃないだろ？」

屋上で、明らかに何か言いたそうなのに、ただじっと自分の顔を見つめている石哲宇《シー・ジョーユー》に周書逸《ジョウ・シューイー》は尋ねた。

石哲宇《シー・ジョーユー》は顔をしかめると、しばらくためらってから自分の疑問を口にした。

「二重人格か？　それともおかしくなった？　一晩で考えが変わって、あいつと復縁する気になったんじゃないだろうな？」

この親友について知っていることに基づくと、さっきの笑顔は明らかに演技だった。

周書逸《ジョウ・シューイー》、いったいどうするつもりなんだ？

周書逸《ジョウ・シューイー》は目をそらし、視線を屋上の端に落とした。

「お前はただの補佐だ。余計な口出しするな」

「俺だって関わりたくないよ。だけど、お前のように公私混同して引き継ぎに何か起これば、追及されるのも、クビになるのも俺と秉偉《ビンウェイ》だ」

「責任者は俺だ」

「何なんだいったい？　お前もクビを切られるかもしれない。教えてくれよ。いったい何をしたいんだ？」

「……」

質問されても、唇を噛《か》みしめるだけで何も言わなかった。

「言わないんだな？　それなら、高仕徳《ガオ・シードー》に、お前と復縁する気だと伝える」

背を向けて二歩歩き出したところで、後ろから友人が大声を出すのが聞こえてきた。

「復縁したと思わせてから、あいつを捨てる。裏切られた苦しみを味わわせてやる」

石哲宇《シー・ジョーユー》は足を止めると、深く息を吐き、振り向いて、目に溢《あふ》れんばかりの傷を抱えた男を見つめた。

「なぜそこまでする必要がある？」

かつて愛し合った二人の間に、復讐心《ふくしゅう》や打算があってはならない。

昔の感情を手放すということは、相手を許すだけではなく、自分を解放し、より充実した人生を送ることだ。

しかし、過去にとらわれている周書逸《ジョウ・シューイー》は唇をすぼめて、衝動的な感情を抑えながら言った。

「幼い頃から、俺の周りの人たちがよくしてくれるのは、父親のおかげだということはわかっていた。あの人たちから見れば、周書逸《ジョウ・シューイー》はどうでもよくて、将来の誠逸《チョンイー》グループの後継者ということだけが、気にしていることなんだ」

「俺や秉偉《ビンウェイ》は違うぞ」

「わかってる」

すぐに反論してきた相手を見て、周書逸《ジョウ・シューイー》は軽くうなずくと、話を続けた。

「親しそうにすることはできるけど、俺は簡単に人を信頼できない。だけど、高仕徳《ガオ・シードー》には初めてできた。でも、その信頼を裏切られたんだ。お前が俺なら、許せるか？」

「許せる？」

石哲宇《シー・ジョーユー》は口角を上げ、左頬《ほお》にえくぼを浮かべると、左手を上げて指を一本一本折り、拳を握って周書逸《ジョウ・シューイー》のベルトの下をちらっと見ると、冷ややかに笑った。

「ノーだ！　叩き潰してやる。頭だけじゃなく、下の大事なところもな」

周書逸《ジョウ・シューイー》は苦笑いをした。違ったやり方で、自分を元気づけようとしてくれているということには気付いた。けれども、植え込みの後ろに別の人が座っていて、今までの会話を全て耳にしたことには気付かなかった……。


屋上から戻り、朝食を待ちきれない周書逸《ジョウ・シューイー》は、社員たちの好奇の目をかいくぐりながら、社長室に向かった。

社長室のドアを開けて顔を出すと、席に座っている高仕徳《ガオ・シードー》を見つけた。自然な振る舞いで入っていき、机の前に座っている男に尋ねた。

「俺の朝食はどこ？　買ってきてくれた？」

「テーブルの上だ」

男は仕事に没頭しているようで、パソコンに集中したまま、手を上げてソファーの前のコーヒーテーブルを指して言った。

「ありがとう」

周書逸《ジョウ・シューイー》は笑顔でソファーに座ると、紙製のボウルのプラスチックの蓋《ふた》を開け、スプーンで湯気が立っているピータン豚肉粥をすくい上げ、じっくり味わった。猫舌の彼はやけどを恐れて、子猫のように熱々のお粥を少しずつ口に運び、温度が下がってから飲み込んだ。

「書逸《シューイー》……」

高仕徳《ガオ・シードー》は顔を上げて、作業中のパソコンの画面からソファーに座っている相手に視線を移した……。

――「一晩で考えが変わって、あいつと復縁する気になったんじゃないだろうな？」

さっき屋上で聞いた会話が、瞬時に蘇《よみがえ》った。

本当に信じた。あの明るい笑顔、以前と変わらない優しさ、愛と信頼を託してくれた周書逸《ジョウ・シューイー》のことを……。

「どうした？」

自分の名前を呼んだ後それっきり口を開かないので、温かい朝食を手にしたまま、机の前に座っている高仕徳《ガオ・シードー》を見た。

「おいしい？」

やっとの思いで笑顔を浮かべたが、苦渋のあまり顔をしかめた。五年の空白の理由を説明したかったが、その言葉はプライドによって飲み込まれてしまった。

「お前が買ってくれたんだから、もちろんおいしいさ」

甘えるような口調に、高仕徳《ガオ・シードー》はまるで互いの気持ちを確かめ合ったばかりの大学四年生の頃に、戻ったような気がした。

しかし、全ては嘘だった。

記憶が甘ければ甘いほど、今の笑顔はより偽りに見える。

——「復縁したと思わせてから、あいつを捨てる。裏切られた苦しみを味わわせてやる」

嘘が下手な彼が、渾身《こんしん》の演技で過去の幸せを再現しようとしている。屋上での会話を聞かなければ、自分は周書逸《ジョウ・シューイー》に許されて、二人の関係を元に戻すチャンスを手に入れたとでも思っただろう。

しかし残念なことに、目の前の幸せは彼を誘い込む罠に仕込まれた餌《えさ》に過ぎず、そこに足を踏み入れれば、罠に落ちて二度と這い上がれずに、痛ましい死を迎えることになるのだ。

そして、その全てが自業自得だった。

「ならよかった」

再び穏やかな声になり、パソコンの画面に戻った視線もいつもの高仕徳《ガオ・シードー》と変わらないように見えた。

しかし、白いキーボードを叩く指先は元のリズムを失った。誤って入力したプログラムはバックスペースキーでやり直せるが、完全に削除された愛のファイルは、デリートキーを押して真っ白な初期状態に戻すしかないのだろうか？

*

*

*

レストラン

川岸にあるレストランは客の笑い声に包まれていた。オーナーの裴守一《ペイ・ショウイー》はスタッフに店を任せると、一人で屋外のダイニングエリアに行き、タバコに火をつけて青いスーツ姿の男の隣に座った。

「彼は、毎日お前が食事に誘うのも、一緒に仕事で外出するのも、家まで送るのも拒まない。ただお前をますます深みにはまらせて、幸せの絶頂の時にどん底に落とすつもりなんだろう」

「それはどうも」

高仕徳《ガオ・シードー》は白い目で従兄《いとこ》を見た。さすが情緒障害者だ。泣いている人にティッシュを渡さないどころか、痛みが足りないとばかりに、さらに切りつけてきた。

「以前の関係に戻れると思うな。五年の空白がある以上、連絡できなかった理由を知らせるしか方法はないだろ。ある人と約束して近づけなかったって」

「だめだ！」

高仕徳《ガオ・シードー》はグラスを手にすると、喉《のど》が焼けつくようなウイスキーを一気に飲み込み、首を横に振った。

「約束は守らないと」

「あんな約束は守らなくていい。あの人の要求にお前は応えられない。相手も最初からわかっていたからこそ、あんな条件を付けてきたんだ」

「できないなんて、誰が言った？　できるさ！　もちろん……できる……」

声がどんどん小さくなって、そう言い続ける気力もなくなっていった。

裴守一《ペイ・ショウイー》は手を伸ばして高仕徳《ガオ・シードー》の後ろ首に引っ掛けると、相手の額に自分の額を叩きつけた。

「痛っー」

「おいっ、お前相当重症だな。恨んでるって言われたんだろ？　恨まれたら終わりだ。取り返しはつかない」

従兄の手を振り払うと、首を横に振ってそれを否定した。

「恨むとは何だ？　愛情がある証拠だろ？」

愛の反対は恨みではなく、無関心だ。

だから、周書逸《ジョウ・シューイー》が自分を恨んでいる限り、まだ希望がある。過去を取り戻せるという希望が。

耳が赤くなるほど酔っている高仕徳《ガオ・シードー》を見て、裴守一《ペイ・ショウイー》はため息をついた。

「お前が恋愛で悩んでいるのを見るたびに、自分が情緒障害でよかったと思う。こんなくだらないことに悩まなくて済むからな」

感情という高い壁に排除されるのは、悪いこととは限らない。

少なくとも、心の痛みを感じることはない。ましてや、すでに取り返しのつかない感情を追い求め、このような状態に陥ることも。

ドン！

次の瞬間、酔っぱらった男はバランスを崩し、テーブルに倒れ込んだ。

裴守一《ペイ・ショウイー》がやれやれという感じに頭を振って、ぶっ倒れた男を家に連れ帰ろうと思ったその時、酔っぱらいは突然体を起こして頭を上げ尋ねた。

「この辺でおいしい夜食の店はどこ？」

従兄の答えを待たずに、彼はグラスに残っているウイスキーを一気に飲み干すと、立ち上がって千鳥足で店を後にした。

コンクリート打ちっぱなしで建てられた住宅は、コンクリートの荒々しさを繊細な構造体に変えた。施工の過程で生まれた文様が特徴で、壁面は塗装やタイル張りなどをせずに、コンクリート本来の色や質感が出ている。その空間に足を踏み入れると、落ち着きのある静けさ、洗練された繊細さに感動するに違いない。

＊　　＊　　＊

「行動が遅過ぎる。契約に何日かける気だ？　今すぐ韋成《ウェイチョン》実業の契約資料を見たい。会社に戻るから、お前もすぐに来てくれ」

周書逸《ジョウ・シューイー》は電話をしながら、ビジネスバッグを持って階段を下りた。

——「今？　今日は週末だぞ！」

受話器の向こうから法務長が哀願するように抗議する声が聞こえてきた。

「週末だから何だ？　時間外だからって仕事ができないのか？　残業代は出す」

——「デートの約束はどうすればいいんだ？」

「哲宇《ジョーユー》も一緒に呼べ。会議の打ち合わせをするから。三十分後に会社で」

——「わかった……ほら、俺を睨まないで。上司が出勤しろって言ってる。早く着替えて、俺が運転するから」

電話の向こうの男は、突然上司に呼び出された副社長補佐を慰めているようだ。周書逸《ジョウ・シューイー》はそんなバカップルを気にすることなく通話を切って、スマホをスーツのポケットに入れた。そしてドアを開けると、玄関先に座っている背の高い男に気付いた。


「こんなところで何してる？」


「やあ！」

高仕徳《ガオ・シードー》は、ビジネスバッグを持って会社に行こうとする周書逸《ジョウ・シューイー》を見上げると、手を上げて挨拶したが無視されたので、ズボンを引っ張って立ち去ろうとするのを止めた。

「夜食を買ってきた」

機嫌を取るように、全力で笑顔を絞り出した。夜食で許してもらえるとは思わないが、少なくとも相手は、ご飯抜きのせいで腹痛になることはないだろう。

「飲んでるんだろ？　失《う》せろよ。お前を相手にしている暇はない」

ズボンをつかんでいる相手の手を振りほどいて歩き出そうとすると、後ろから酔っぱらった男に首を抱え込まれ、無理やり家の中に連れ戻された。酔っぱらった男の力は思った以上に強く、周書逸《ジョウ・シューイー》は引きずられたまま逃げられなかった。

「高仕徳《ガオ・シードー》！」

鼻をつくアルコールの匂いに怒りを募らせながら、ようやく相手を押しのけた。すると、立ち上がることすらできない男は、夜食の入ったビニール袋を手にしたまま、玄関横の壁に寄り掛かって床に座り込み、号泣し出した。

今まで、こんな制御不能に陥った高仕徳《ガオ・シードー》を見たことがなかった。助けたい衝動を我慢し、だが最後にはポケットから鍵を取り出して床に投げ捨て、落ち着いた声で言った。

「休んでろ。俺は仕事に行くから」

しかし振り向いた瞬間、突然立ち上がった男に手首をつかまれ、リビングに引きずり込まれた。

「高仕徳《ガオ・シードー》！　何のつもりなんだ」

反応する間もなく、酒臭い男に黒革のソファーに押し倒された。とめどない涙が胸に落ちてきて、その一滴一滴が熱く、動くことすらできなかった。

「ごめん……アメリカへ行くべきじゃなかった……ごめん」

高仕徳《ガオ・シードー》は周書逸《ジョウ・シューイー》の脇に手をつき、下を向いていたので、彼の表情ははっきり見えなかった。けれども、声からにじみ出る痛々しさが、彼の後悔を全て物語っていた。

「書逸《シューイー》……もう一度やり直せないか？　イチからやり直せないか？」

「アメリカで何があったんだ？」

周書逸《ジョウ・シューイー》は眉をひそめた。彼の涙も、玄関先で酔っ払っている様子も、自分が立ち去ろうとするのを、一言も言わずに止め続ける行動も……全てが明らかにおかしかった。

「シー！」

高仕徳《ガオ・シードー》は指先を周書逸《ジョウ・シューイー》の唇にそっと当て、身を屈めると、敏感な首筋にキスをした。アルコールの作用を借りてあの懐かしい温もりを感じていた。

「……」

周書逸《ジョウ・シューイー》はソファーに仰向けになりながら、天井の照明を見つめていた。頭の中は憎しみでいっぱいだったが、体はその温もりが恋しくてたまらなかった。

体がほてり、心は静かに揺さぶられていた。

握っていた拳を思わず緩め、手を伸ばして高仕徳《ガオ・シードー》の痛みに満ちた顔に触れてみたかった。今なら聞きたかった。彼が言う理由を。

けれども、譲歩することにも腹立ちを覚えた。罠を仕掛けたのは自分なのに、こんなに早く先に諦めるなどというのは。

「高仕徳《ガオ・シードー》、嫌がらせのつもりか？」

「それは君だろ？」

欲望に火をつけるような行動を止めると、高仕徳《ガオ・シードー》は自分の下に横たわっている人を見つめた。自分が人生をかけて愛してきた相手を。涙が鼻の両側を伝って落ちていった。

――「復縁したと思わせてから、あいつを捨てる。裏切られた苦しみを味わわせてやる」

屋上での会話は、まるでナイフで心を突き刺されるような鋭さだった。

信じかけたのだ。この男が再度チャンスをくれたと。しかしそれは、ただ飴《あめ》にくるまれた毒薬だった。それでもそれを食べ、痛みに苛《さいな》まれる前の少しの間だけでも甘い部分を楽しめたなら……。

少し酔いから覚めた男は、立ち上がると向かいにあるベンチソファーに座り、眉間を揉《も》んで気持ちを落ち着かせてから、こう言った。

「君は何も知らないんだな？　いいよな……君は幸せな人間だよ。ずっと守られてる」

「酔いが覚めたら帰れ。会社に戻って仕事があるんだ」

やはり、酔っぱらいとの会話はバカバカし過ぎる。全く理屈が合わない。

周書逸《ジョウ・シューイー》は体を起こすと、床に落ちていたビジネスバッグを手に取り、しわくちゃになったスーツを整えて眉をひそめて立ち上がった。しかし、再び立ち上がった相手に引き戻され、ベンチソファーに並んで座った。

高仕徳《ガオ・シードー》は口角を上げて冷たい横顔を見つめながら、肩に掛けた右手で周書逸《ジョウ・シューイー》の耳たぶをそっと撫《な》でた。どこに触れればこの男の欲望を刺激できるのか、よくわかっていた。スーツの中に手を入れ、Tシャツ越しに胸の敏感なところを軽く撫でたが、周書逸《ジョウ・シューイー》は弄《もてあそ》ばれているのは自分の体ではないかのように、ただ灰色のコンクリートの壁を見つめるだけだった。

「感じないのか？」

高仕徳《ガオ・シードー》は苦笑いをし、相手を柔らかいソファーに倒すと、抵抗しようとする手首をつかんで、脈打っている首筋にキスをしてから移動し、相手の唇を塞《ふさ》いだ。

「高仕徳《ガオ・シードー》……何のつもりだ」

ガサついた声が口の中に侵入した舌にかき消され、周書逸《ジョウ・シューイー》の耳は熱くなった。体は心よりも正直で、懐かしい息遣いと感触にあっという間に虜《とりこ》にされてしまった。自分すら意識しないうちに手を伸ばし、相手の首に回すと、愛する男にキスを返していた。

昔に戻ったかのように、互いの服を脱ぎ捨て、その赤裸々な肌を相手の熱い体に押しつけ合った。まるで二人は、まだ別れてもおらず、誤解も苦しみもない、初々しい学生時代の頃のようにキスをし、抱き合い、互いの体を熱して、ついには欲望に従い、相手の侵入を受け入れたのだった。

全てが落ち着くと、二人は抱き合って、アルコールと疲労の作用で深い眠りに落ちた……。

＊　＊　＊

翌朝、高仕徳《ガオ・シードー》はソファーの上で目を覚まし、痛む額をつまみながら、前回は持ち主に追い出された家の中を見回した。

「痛てっ」

二日酔いの頭痛が、朦朧《もうろう》とした頭を苦しめていた。体に掛けてある青い毛布を払うと、キスマークだらけの胸と裸の下半身が見えたが、昨晩のことはどうしても思い出せなかった。

吐いたのか？

それとも……。

「浴室に来客用の洗面道具があるから、シャワーを浴びたらすぐに帰れ」

思い出そうと必死になっていると、聞き馴染みのある声が階段から聞こえてきた。「来客用の」という言葉が強調され、それは「来客」という身分を皮肉っていたし、家主から退去命令が出されたということだった。

黒いセーター姿の周書逸《ジョウ・シューイー》は、両手をズボンのポケットに入れ、スリッパを履いてこちらに向かって歩いてきたが、いつもの大きな歩幅ではなく、微妙にゆっくりとした足取りだった。

高仕徳《ガオ・シードー》は相手を指差し、それから自分を指して、生唾を飲み込むと探りを入れるように聞いてみた。

「俺……俺たち、昨晩……もしかして……」

「昨夜のこと、何も覚えてないのか？」

周書逸《ジョウ・シューイー》が綺麗《きれい》な目で睨みつけた。二人の間に気まずい空気が流れ始めた時、玄関のドアが開け放たれ、楽しげな声が聞こえてきた。

「書逸《シューイー》、パパが帰ってきたよ〜」

「父さん！」

周書逸《ジョウ・シューイー》の父親が、お土産の入った袋二つを手にして、宝物の息子を抱きしめようとした時、誰かがリビングに全裸で座っていることに気付いた。体はキスマークだらけで、明らかに何か「した」ようだった。

手からお土産の入った袋が離れ、床に落ちた。

「高仕徳《ガオ・シードー》！　なぜここにいるんだ？　約束を破ったな。息子に何をした？」

息子がまだそばにいることも忘れて、理屈の上では一度も会ったことがないはずの「赤の他人」に暴言を吐きまくった。

「知り合いなの？」

周書逸《ジョウ・シューイー》は、会ったことがないはずなのに互いを知っている二人を見て、訝《いぶか》しげに目を細めて尋ねた。

「え？」

それを聞くやいなや、周書逸《ジョウ・シューイー》の父親はすぐにおどけたように笑い出し、必死に頭を振ってごまかそうとした。

「知らない、知らない」

父親のおかしな態度、二人が互いに目をそらしているその姿、そして昨晩、高仕徳《ガオ・シードー》が酔っ払ってうっかり言ってしまった言葉……。

――「君は何も知らないんだな？　いいよな……君は幸せな人間だよ。ずっと守られてる」

高仕徳《ガオ・シードー》を睨みつけ、問い詰めた。

「約束って何？」

「……」

高仕徳《ガオ・シードー》は罪悪感に満ちた目で周書逸《ジョウ・シューイー》を見上げた。

「……」

周書逸《ジョウ・シューイー》の父親は慌てて目をそらし、息子の目を見ようとしなかった。

第三章　独り善がりの自己犠牲

台湾を離れた翌年、高仕徳《ガオ・シードー》はスーツケースを引き、空港を出ると、あの人に電話をかけた。

「もしもし、やっと出たか。何度もかけたんだぞ――」

しかし、電話の向こうからは聞き覚えのない低い声が聞こえてきて、知らない住所を告げられた。そこは、個人のコレクションを収蔵するギャラリーだった。

緊張した面持ちで椅子に座り、高仕徳《ガオ・シードー》は四角いテーブルを挟んで周書逸《ジョウ・シューイー》の父親を名乗る中年男性を見つめていた。

周書逸《ジョウ・シューイー》の父親は、目の前の若者を厳しい表情で見つめ、口を開いた。

「書逸《シューイー》は君と別れるそうだ。二度と会わないでくれ」

「ありえません。書逸《シューイー》がそんなことを言うはずがないです。きっと何か誤解があるに違いありません。彼に直接会って説明したいと思います」

しかし父親は、上着のポケットから画面が割れたスマホを取り出して言った。

「別れる気がないのなら、スマホを私に渡すかね？　君ね、諦めなさい。女の子を見つけて普通の恋愛をするんだな。息子の人生を邪魔するな」

下を向き、テーブルの上に置かれているスマホを見ながら、高仕徳《ガオ・シードー》は反論した。

「おじさんに賛成していただかなくても構いません。でも、人の恋愛が正常かどうかを判断する資格も権利もないはずです。人を好きならただ好きなだけであって、相手の性別は男であれ女であれ気にしません。僕は書逸《シューイー》を愛しています。彼と気持ちを確かめ合ったあの日から、僕が望むのは生涯にわたる関係なんです。遊びのような軽い気持ちではありません。ですから、彼の口から『別れたい』と言われない限り、僕は絶対に諦めません」

周書逸《ジョウ・シューイー》の父親は、目の前に座っている一見穏やかそうだが一歩も譲らない青年を見ながら、ため息をついた。

「高仕徳《ガオ・シードー》、書逸《シューイー》は将来、私の跡を継ぐ。もし彼が君と一緒にいたら、株主である親戚《しんせき》たちとどう向き合い、どう渡り合えるだろうか？」

同性婚が合法化された現在でも、同性愛者を差別し、反対する人は決して少なくない。我が子を愛する父親として、そんなことで息子が後ろ指を差されたり、非難や攻撃されたりするのを見たくなかった。

「君の考えは、浅はかだよ」

立ち上がって高仕徳《ガオ・シードー》のそばに行くと、彼の肩を叩き、壁に掛けられた貴重な絵画を指差した。

「かつて、私も若くて血気盛んで、裸一貫から全てを築いた。やろうと思えば何でもできると思っていた。でも君ね、人生は君が思うほどそんな簡単なものじゃない。世間は、君たちがどれだけ愛し合っているかなんて気にしやしない。多くの人に受け入れられない関係だとしか見られないんだよ。

君と書逸《シューイー》は住む世界が違う。このコレクションなんて、どれも君が買えるような値段じゃない。君が手を離せば、書逸《シューイー》は私が敷いたレールを歩んで、グループの後継者となる。君が手を離さなければ、マスコミが彼に『ゲイ』というレッテルを貼り、彼の努力は全て水の泡になる。人々が見ているのは彼の優秀さではなく、他の男との不可解な関係なんだ」

高仕徳《ガオ・シードー》は立ち上がると、相手を見つめた。

「どうすればあなたに認めていただけますか？」

今の説明では、目の前の若者を思いとどまらせるのに十分ではないことがわかり、別の提案をしようと、口を開いた。

「五年だ！　五年間を猶予《ゆうよ》としてあげよう。君が、私が納得できるようなキャリアを築くことができたなら、もう二人のことには口を出さない。しかし——」

人差し指を立てて、条件を追加した。

「その五年の間に、書逸《シューイー》に彼女ができたり、君のもとを去ったりしたら、無条件に身を引くこと。それと私たちの約束は秘密だ。他の人に知られてはいけない。君にできるかな？」

高仕徳《ガオ・シードー》は苦笑いを浮かべた。一見公平に見えるが、実際には勝算の見込みがない提案だった。

「おじさん、あなたは僕が落ちるための穴を掘っているんですね。納得するというのは、あなたの主観的な判断であって、あなたが認めない限り、僕は永遠にこの約束は達成できません」

中年男性はただ冷たい笑みを浮かべ、否定しなかった。

「君には交渉する権利はない」

「条件を飲みます。あなたは書逸《シューイー》のお父さんですから、あなたに認めてもらえないなら、書逸《シューイー》は幸せになれません。約束は必ず守ります。これで失礼します」

そう言うと、周書逸《ジョウ・シューイー》の父親に深く一礼してから身を翻《ひるがえ》し、絵画が飾られているギャラリーを後にした。

周書逸《ジョウ・シューイー》の父親は、高仕徳《ガオ・シードー》の背中を見つめた。この男をとても気に入りはしたが、息子の将来のためには止めなければならなかった。

＊　　＊　　＊

現在――周書逸《ジョウ・シューイー》の家

「これが事の経緯だ」

黒いベンチソファーに座った高仕徳《ガオ・シードー》は、この五年間の約束について語った。

リビングに立っている周書逸《ジョウ・シューイー》の父親は、約束を破って息子に会いに来た男に怒鳴った。

「君のせいだ」

本当は息子に、他の企業家の娘とお見合いをさせる予定だった。今になれば、高仕徳《ガオ・シードー》がキャリアを積んだとしても、もう遅いのだ。しかしまさか、誠逸《チョンイー》グループが買収しようとしている華磬科技《ホアチンテクノロジー》が、高仕徳《ガオ・シードー》の母親が創業した会社だとは予想だにしていなかった。

そして自分が、二人を引き合わせるようなバカなことをしてしまったとは。

「帰ってくれ。じゃないと殴る」

「そうだ！　帰らないと殴るぞ！」

周書逸《ジョウ・シューイー》の父親は高仕徳《ガオ・シードー》の顔を指差して、息子の言葉を脅しを込めて繰り返した。しかし思いもよらないことに、息子は怒りの目でこちらを向き、こう言った。

「帰るべきは父さんだ」

「書逸《シューイー》……なんでそんなことを言うんだ」

息子を抱きしめようとしたが、強く押しのけられた。

周書逸《ジョウ・シューイー》は目を赤くして、怒りを抑えながらソファーから立ち上がると、二階への階段を踏みしめた。

「父さんが、『お前のためだ』と言うたびに悲惨な目に遭う。十歳の時に連れていかれたスカイダイビングでは谷底へ落ちかけたし、十一歳でダイビングを習わされた時は溺《おぼ》れそうになった。十二歳で『男は山に登るべきだ』と言われた時は、山で死にかけたし、十三歳の時は、『球技をすると背が伸びる』と言われてそうしたら骨折だ……もっと聞きたい？」

「でも書逸《シューイー》、俺は本当にお前のためを思ってやってるんだ」

黙って後ろをついてきた父親は、つらそうに笑顔を失った息子を見た。

「そんな必要はないから。いいも悪いも自分で決める」

息子に反論できずに、妥協して口調を和らげた。

「父さんが悪かった。どうすれば機嫌を直してくれる？」

息子の前では、彼はただ子どもを可愛がる親バカであり、企業のオーナーでもなく、高仕徳《ガオ・シードー》の目に映るような厳しくて笑みも浮かべない年長者でもない。

「出ていって！　今すぐ出ていって！」

「わかった。父さんは帰るよ……本当に行くよ。本当に行っちゃうよ」

ため息をついて、周書逸《ジョウ・シューイー》に向かっていた足を止めると、振り向いて帰ろうとした。しかし、少し進むたびに、息子が怒りを鎮めて呼び戻してくれはしまいかと、思わず振り返ってしまうのだった。

だが、階段を下りてドアを開けた玄関で待っても、自分を呼び戻す息子の声は聞こえなかった。無言でドアを閉めて家を出ると、ドアの外にある小さな花壇のそばに立ち、空を見上げてため息をついた。

周書逸《ジョウ・シューイー》は二階の内窓のそばに立って、リビングに立つもう一人を見下ろした。

「お前も帰れ。今は顔も見たくない」

「書逸《シューイー》……」

見上げると、美しい顔の持ち主は怒りを抑えながら問いかけた。

「高仕徳《ガオ・シードー》、俺のことを見下しているのか？　だから一人で解決する気だったのか？　自分一人で全ての問題を解決できると思っていたのか？　それとも俺がお前の側について一緒に父親に立ち向かうほど、お前に対して真剣じゃないとでも？」

「俺は……」

次々と問い詰められ、高仕徳《ガオ・シードー》は言葉に詰まった。

「自分の決断だけを信じて、俺の言うことは永遠に信じていない！　高仕徳《ガオ・シードー》、俺は確かにお前に負け続けたが、だからといって強くないわけじゃない。もしお前が望む関係が、相手を温室の中に入れて世話をするというようなことなら、他の人を好きになればいい。俺が欲しいのは、俺を愛し、俺を信じ、俺の味方になって、どんな嵐にでも立ち向かうことができるパートナーだ」

「……」

周書逸《ジョウ・シューイー》の言葉に、母子家庭で育ち、一人で困難に立ち向かうことに慣れていた高仕徳《ガオ・シードー》は、驚かされた。

差別と批判に満ちたこの関係に引き込んだのは自分なので、最後まで責任を負うのは自分だ、と思っていた。前方を歩くガイドのようになって、危険な棘《とげ》を切り払い、立ちはだかる障害物を取り除き、たとえ傷だらけになっても、後ろを歩く人が安心して歩ける道を作るのだ、と。

しかし、相手は一人前の男であり、自分と変わらない能力を持っていることを忘れていた。最初に歩き出した時は、温室で育った子どものように慌てふためいていたかもしれない。しかし時が経つにつれ、黙って後ろについていたのが、徐々に肩を並べて歩くようになり、一緒に棘を切り払い、障害物を取り除き、共に嵐に立ち向かえる人になっていた。

「失《う》せろ」

周書逸《ジョウ・シューイー》は相手に泣き顔を見られないように背中を向けたが、結局見られてしまった。

「俺たちは……最初からつき合わなきゃよかったのかもしれない」

コンクリート打ちっぱなしの建築物は、原材料の割合から、混ぜて型枠内に流し込む作業まで、厳密な工程に従って行われる。それは人を感動させる作品を作るためだ。

それは恋愛も同じなのだ。

強い信頼がバックになければ、どんなに美しい恋愛も海辺に立つ砂の彫刻のように、厳しい現実に打ちのめされてしまう。

リビングに立っている男は罪悪感で頭《こうべ》を垂れたまま、拒まれた部屋から出ていった。外では、花壇のそばに周書逸《ジョウ・シューイー》の父親が佇《たたず》んでいた。

＊　＊　＊

バー

「これからも書逸《シューイー》に恨まれ続けたら、どうすればいいんだろう？」

「いくら腹を立てたといっても、あなたは父親だし、親子の縁は切れませんよ」

カウンター席で、家主に追い出された二人の男が同時に目の前のグラスを掲げると、ウイスキーを口にした。

中年男性は指先のグラスを揺らしながら、感慨深げにため息をついた。

「華磬科技《ホアチンテクノロジー》が君の一族の会社だとはね。約束を盾に君をだまして別れさせたのに、結局私が二人を引き合わせたとはな」

「だました？」

高仕徳《ガオ・シードー》は信じられない思いで、相手を見た。書逸《シューイー》が別れたいと言っていたのは、この人の嘘だったのか？

「ダメか？」

書逸《シューイー》の父は隣の男を横目で睨《にら》むと、不満そうに言った。

「息子が卒業したら、いいところのお嬢さんと結婚し、孫を抱けることを待っていたんだ。ところが、産めない君が好きだと言ってきた。君を受け入れないなら、親子の縁を切ると言われたよ」

――「自分一人で全ての問題を解決できると思っていたのか？　それとも俺がお前の側について一緒に父親に立ち向かうほど、お前に対して真剣じゃないとでも？」

――「自分の決断だけを信じて、俺の言うことは永遠に信じていない！　高仕徳《ガオ・シードー》、俺は確かにお前に負け続けたが、だからといって強くないわけじゃない。もしお前が望む関係が、相手を温室の中に入れて世話をするというようなことなら、他の人を好きになればいい。俺が欲しいのは、俺を愛し、俺を信じ、俺の味方になって、どんな嵐にでも立ち向かうことができるパートナーだ」

さっきの周書逸《ジョウ・シューイー》の言葉が、一瞬にして脳裏をよぎった。ずっと「守られている」人は結局自分だったのだ。

書逸《シューイー》の父親も話せば話すほど怒り出し、高仕徳《ガオ・シードー》の鼻を指差して怒鳴った。

「父親になることが簡単だと思うか？　普通取られるのは娘だが、それが息子だとはな。何だってあいつは、アメリカに行ってすぐにそこの女とつき合っている、こんなバカを気にするんだ？」

「アメリカの女？」

「書逸《シューイー》が、なんで君を要らなくなったと思っているんだ？　薄情で渡米したっきり一向に帰ってこないし、電話もかかってこない。半年近く音沙汰なしだ。君のことが心配で夜中に電話をかけると、出るのは女だし。そしてあいつは、商談でアメリカの東海岸に行く、と俺に言ったんだ。しかし実はひそかに君を探しに行った。そしたら、とんでもないサプライズ！」

父親は冷たく鼻を鳴らすと、酒を一口で飲み干し、高仕徳《ガオ・シードー》が右手首に着けているブレスレットを指差しながら話を続けた。

「アメリカの女とラブラブで、赤ん坊まで抱いている君を見たんだ。帰ってきたら、死ぬほど泣いていたよ」

「書逸《シューイー》が僕に会いにアメリカに？」

どうして、書逸《シューイー》はそれを言わなかったんだ。

書逸《シューイー》が見た「アメリカの女」は、もしかしてアシュリー？　そして腕の中の「赤ん坊」は……オスカー？

父親は、高仕徳《ガオ・シードー》のスーツの襟を引っ張って引き寄せると、目を真っ赤にして声を詰まらせながら問い詰めた。

「返信しないばかりか、息子に家のことが終わるまで待ってくれと言っただろ？」

高仕徳《ガオ・シードー》は眉をひそめて、

「家のこと？」と聞き返した。

――「書逸《シューイー》、電話であまり話さなかったのは、君の前で愚痴を言いそうで怖かったからだ。もう少し時間をくれ。家のことが一段落したら、帰って直接説明するから。書逸《シューイー》、会いたい……本当に会いたい……」

なぜこの人が、アメリカにいる時に周書逸《ジョウ・シューイー》に送ったメッセージの内容を知っているのか。

もしかして……。

周書逸《ジョウ・シューイー》の父親も自分が口を滑らせたことに気付いて、すぐに話題を変えて怒ったように言った。

「とにかく、お前が息子を裏切った！」

「裏切ってません」

裏切り者という非難を聞くと、高仕徳《ガオ・シードー》は即座に反論した。

これで、再会した時に石哲宇《シー・ジョーユー》と劉秉偉《リウ・ビンウェイ》が、軽蔑の表情を浮かべたのもうなずけるし、周書逸《ジョウ・シューイー》に近づくなという態度を示したのにもうなずけた。

みんながみんな、自分を「裏切り者」だと決めつけていたわけだが、そのアメリカの女と赤ん坊はいったいどうなったのか、と実際に状況を直接聞いてくる人は一人もいなかった。

確かに一部のことを隠していたが、気持ちの上では決して裏切るような真似《まね》はしていない。

そして、認めようが隠そうが、あいつとの距離がどんどん離れていくだけなので、今度は絶対に引き下がらない。

失ったものは、自分の手で取り戻す。

逆襲されたが、反撃する。

全ての人に、そして孤独に耐えながら自分を待っていたあいつに——本当の「高仕徳《ガオ・シードー》」が、大切なものを取り戻す様を見せよう。

彼はグラスを置くと、すでに七、八割ぐらい酔っている周書逸《ジョウ・シューイー》の父を見て、立ち上がって言った。

「おじさん、すみません。でも今回は譲れません」

そして、胸ポケットから財布を取り出し、お札をグラスの下に挟み込むと、ピアノの音が流れるバーを後にした。

周書逸《ジョウ・シューイー》の父親は首を横に振りながら、去りゆく背中に大声で叫んだ。

「譲らない？　何を？　高仕徳《ガオ・シードー》、わかるようにちゃんと説明しろ、おい！」

＊　＊　＊

――「昨日は残業があると言っていたのに、なんで来なかったんだ？　会社で哲宇《ジョーユー》と契約書の作成をして、せっかくのデートが水の泡になったんだぞ。それなりの説明と、そうだな、あとそれなりの残業代だな」

「すまない。急に胃が痛くなって行けなかった。契約書を送ってくれ。今から見る」

――「送ったから。いくつか条項を加えた。それを確認して。そうだ。昨日の急な呼び出しでうちの子はよく眠れなかったから、月曜日に代休を」

スマホを手にしたまま立ち上がり、プリンターのところまで歩いていった。トレイから、ちょうどファクスで送られてきた契約書を取ると、ノートパソコンが置いてあるダイニングテーブルまで戻った。

「劉秉偉《リウ・ビンウェイ》！　哲宇《ジョーユー》に遠回しに言わなくていいと言ってくれ。残業代は倍払う。デートを邪魔したからな」

――「ありがとう、ボス。お大事に。何かあればいつでも連絡して」

「うん。切るぞ。じゃあな」

電話を切った途端、胃が激痛に襲われた。冷や汗をかきながらリビングに行くと、胃薬の瓶が空っぽだった。

「書逸《シューイー》、話したいことがあるんだ」

ソファーの上のタブレット画面がついて、ドアに設置された防犯カメラの映像が映し出された。先程ここを出ていった高仕徳《ガオ・シードー》がドアの外に立ち、ドアのカメラに向かってそう言っていた。

どんどん痛くなる腹部を手で押さえながら、足の力が抜けて床にひざまずいた。あいつには会いたくないが、今唯一助けになるのは彼しかいない。

「黙れ。病院に連れていけ」

助けを求める弱々しい声がタブレット越しに、外に立っている男に伝わった。そして、タブレットでドアを解錠すると、周書逸《ジョウ・シューイー》は倒れて意識を失った。

＊　　＊　　＊

レストランの外

夜の開店時間が近づき、裴守一《ペイ・ショウイー》は忙しく準備をしていた。椅子二脚をつかむとすぐに人影が駆け寄ってきて、彼の手からその重い椅子をもぎ取り、正しい位置に置いた。

レストランの従業員は、どこからともなく現れた若い男を見て不思議そうに尋ねた。

「裴《ペイ》さん、ご友人ですか？　職探しでここへ？」

裴守一《ペイ・ショウイー》は眉をひそめると、不機嫌そうに言った。

「気にするな」

しかし、無意識に忙しそうな背中を見ながら、昨晩の出来事を思い出していた……。


――「裴守一《ペイ・ショウイー》！」

興奮した声が、彼の名前を呼んでいた。

営業終了後、ゴミを持ってリサイクルゴミ置き場に行くと、こちらに向かって走ってくる男の姿が見えた。

――「やっと見つけた。諦めなければチャンスがあるって言ったよね。何年も探し続けたんだ。久しぶり。元気にしてた？」

はじける笑顔を浮かべた彼は、裴守一《ペイ・ショウイー》の背中にしっかりと両腕を回すと顔を埋め、子犬のように胸に頬《ほお》をすり寄せた。

――「放せ」

――「先に僕の質問に答えて。元気にしてた？」

――「ああ。放せ」

――「もうガキじゃないんだから、昔みたいにするな」

――「嫌だ」

――「嫌だ。離れたくない。十二年間も探し続けたんだぞ」

子どもっぽい言い方は十二年前と全く同じで、彼を苛立《いらだ》たせた。

そしてまた同じように、彼の静かな世界を揺るがしたのだった。

自分を抱きしめている余真軒《ユー・ジェンシュエン》を振り払い、相手の左肩に手を当て、二人の間に腕の長さ分の距離を置いた。それから冷たい顔で、見知らぬ人に対するような口調で言った。

――「探してくれとは頼んでいない。十二年前、俺は離れると決めた。十二年経っても答えは同じだ」

――「裴守一《ペイ・ショウイー》……」

顔にしわを寄せ、今にも泣き出しそうな表情だったが、すぐに明るい笑顔に変わった。それは、裴守一《ペイ・ショウイー》が、「一番見たくないのは他人の涙だ」と言ったことがあったからだった。

――「僕は諦めない」

――「……」

話が通じない人を相手にする気はなく、ゴミの入ったビニール袋をリサイクルゴミ置き場に置き、不機嫌な顔で背を向けた。

――「裴守一《ペイ・ショウイー》！　僕は諦めない！　絶対に諦めないから！」

後ろから執念深い叫び声が聞こえた。

オレンジ色の街灯や夜空を映す川、青く塗られたコンクリートのフェンス、そして街灯の下の緑色の芝生……それらはまるで印象派の絵画のように、見事な色彩を見せていた。

冴えないグレーのニットジャケットを着ているその男だけが、ゆっくりと体を屈《かが》めてしゃがみ込み、膝を抱えて涙を流しながら、どんどん離れていく男の背中を静かに見つめていた。唇を噛《か》みしめて、彼に嫌われる泣き声を抑えながら……。


「面倒なやつだ」

カウンターからそのうっとうしい姿を見ると、裴守一《ペイ・ショウイー》は顔をしかめてうんざりするようにつぶやいた。

＊　＊　＊

車は私道に入り、エンジンが切られると戸建ての家の前に止まった。

運転席のドアを開け、車から降りると、高仕徳《ガオ・シードー》は助手席の方に歩き、右側のドアを開け、目を閉じて眠っている男を見つめた。

そっと胸元のシートベルトを外し、胃痛で白くなった唇を見つめながら、魔法にかかったようにゆっくりと近づいた。キスする寸前で周書逸《ジョウ・シューイー》が突然目を開け、高仕徳《ガオ・シードー》を押しのけると車から降りて、まだ完全に回復していないお腹を手で押さえながら家の中に入った。

「薬を渡せ。帰ってくれ」

周書逸《ジョウ・シューイー》はダイニングテーブルのそばに立つと、家の中までついてきた高仕徳《ガオ・シードー》に顔を向け、医師が処方した薬を取り戻そうと手を差し出した。

「残って看病する」

「お節介はお断りだ」

テーブルに置いてあったスマホを手に取り、体調が悪くなって中断を余儀なくされた仕事の続きをしようと、劉秉偉《リウ・ビンウェイ》に電話をかけた。

「秉偉《ビンウェイ》、さっきの契約書だけど、一つ——」

ほんの少し話したところで、スマホを高仕徳《ガオ・シードー》に奪い取られた。

「スマホを返せ」

「病人は、病人らしくしろ」

「お前と関係ない」

「ある」

「おい！　何をする？」

高仕徳《ガオ・シードー》は突然腰を落とすと、周書逸《ジョウ・シューイー》を抱き上げた。抗議の声を無視して周書逸《ジョウ・シューイー》を二階まで運び、水色のベッドに横たわらせた。そして、横にならざるを得ない相手を見ながら言った。

「もしあの時、君のお父さんと面会せずに君のところへ行っていたら、俺と……逃げてくれた？」

指先で、ひんやりとした相手の耳たぶを愛おしげに触れ、身を乗り出して耳元でそう問うた。

「高仕徳《ガオ・シードー》、自分の思いを他人に押しつけるな。恋愛は見返りを求めるものじゃない。それに、挽回できないこともある」

――「哲宇《ジョーユー》、自分の思いを他人に押しつけるな。恋愛は見返りを求めるものじゃない」

昔、自分はこう言って石哲宇《シー・ジョーユー》の求めを断った。

そして、今断られたのは、そう、自分にほかならない。

「……」

目を閉じて深く息を吸うとベッドから立ち上がり、布団を掛けてから階段を下りてキッチンに入り、裴守一《ペイ・ショウイー》に電話をかけた……。

――「何年も医者をやってないんだから、聞かれてもな」

「それでもね」

買ってきた食材を調理台に並べると、肩と頭でスマホを挟みながら、医学の知識がある従兄《いとこ》に尋ねた。

――「どんなものを買ったんだ？」

「山芋、レンコン、オクラ、魚、あとキャベツと卵だ。まとめて粥《かゆ》にすれば、胃もすぐに回復するんじゃないかな？　でも……あぁ、治ったらまた追い出そうとするだろうけど。誤解が解けるまでは、看病と料理を口実に書逸《シューイー》の家に入るしかなさそうだ」

――「高仕徳《ガオ・シードー》、電話越しでも強い愛が伝わるな。お前は本当に可愛いやつだ。暇ができたら顔を出せよ。可愛がってやる」

「もう切るよ。粥を作らなくちゃ」

――「オッケー、バーイ」

一時間後、食べ物のいい匂いが周書逸《ジョウ・シューイー》の鼻の奥に漂ってきた。

「書逸《シューイー》、起きてなんか食べてから、薬を飲んでまた寝ろよ……書逸《シューイー》、目を覚ませよ……雑用係ちゃん、起きて」

名前を呼ぶ声が、遠いところから聞こえてくるようだった。慣れ親しんだ体温、慣れ親しんだ声、慣れ親しんだ匂い……まだ夢の中にいる人は、大学時代の記憶の中にいた。

——「雑用係ちゃん、遅刻するぞ。早く起きろ」

その声には、罪悪感も苦しみもなく、自分が大好きな明るさと自信に満ちていた。

——「今日は楊《ヤン》教授の授業だろ。出席しないと」

——「いいから。もう少し寝かせて」

——「朝食を買ってきたから、早く起きろ」

昔も今も変わらないのは、その声の持ち主はいつも自分が気持ちよく寝ている時に、鼻や首を指で触って、いい夢を邪魔することだ。

「もう少し寝る……大丈夫だから……」

夢の中にいる人は、自分が高仕徳《ガオ・シードー》の腕に抱かれていることにも気付かず、腕の中で気持ちよさそうに眠っていた。

「君も昔に戻りたいのか？　そうだろ？」

高仕徳《ガオ・シードー》は眠っている周書逸《ジョウ・シューイー》を見て、彼の寝言を聞き、かつてのよき日々を思い出していた。

けれども……、

挽回できないこともある。

過去は過去であり、
失ったものは、失ったものである。

見つからないし、取り戻せない。

たとえ見つけることができても、それは昔と同じようにはいかないだろう。

ゆっくりと、ブレスレットを着けている腕を周書逸《ジョウ・シューイー》の胸に回し、そっと抱きしめた。周書逸《ジョウ・シューイー》の手首には、愛のブレスレットはもうない。

理由がわかった今、許してもらえるだろうか？

熟睡している彼が目を覚ましたら、聞きたいことは何でも説明する——周書逸《ジョウ・シューイー》が再び心を開いて、自分を受け入れてくれるまで。

＊　　＊　　＊

レストラン

「裴《ペイ》さん、ご友人が客と喧嘩《けんか》をしています。どうします？」

男性店員が慌てて駆け寄ってきて、裴守一《ペイ・ショウイー》に囁《ささや》いた。

「貝貝《ベイベイ》、通報して」

「はい」

バーテンダーに指示を出すと、店員を追って急いで店から出た。川岸に駆けつけると、二人の男性客と対峙している余真軒《ユー・ジェンシュエン》がいた。

「さっき何て言ったんだよ」

「まずい酒だと言ったんだ」

「嫌なら飲むなよ」

「飲みたくないなら飲むなだと？　何言ってんだ。頭おかしいだろ！」

相手は二人組なので、余真軒《ユー・ジェンシュエン》を取り囲んで直接手を出してきた。しかし見た目は痩せていても、意外なことに、余真軒《ユー・ジェンシュエン》は手強いやつだった。隙《すき》を突いて一人の腕に噛みつき、相手がそれを振りほどいて痛がっている間に、二人をアスファルトの上に蹴《け》り倒した。

「来いよ！」

リサイクルゴミ置き場に駆け寄ると、瓶を手に取って、すぐ脇の街灯に叩きつけ、尖《とが》ったガラス瓶を二人に向けて、大声で叫んだ。

「いい加減にしろ！」

裴守一《ペイ・ショウイー》は割れた瓶を持っている手をつかむと、狂ったような余真軒《ユー・ジェンシュエン》を止め、相手の二人に怒鳴った。

「行け！　殺されたいのか？」

「覚えとけよ！　クソッ」

倒れていた二人は怖気づいて立ち上がると、後ずさりをしながら唾を吐いた。

「六《リウ》ちゃん、店に先に戻って」

「はい」

店員を帰らせた後、余真軒《ユー・ジェンシュエン》の手から割れた瓶をもぎ取り、瓶のリサイクル用の箱に戻した。そして彼に近づくと、冷ややかな目で彼を見た。

余真軒《ユー・ジェンシュエン》は自分がまずいことをして怒らせたと思い、顔をそむけて裴守一《ペイ・ショウイー》の視線を避けた。身を翻し、目を赤くしてその場を離れようとしたが、いきなり左手をつかまれ、裴守一《ペイ・ショウイー》の肩に担《かつ》がれると、レストランのテラス席に連れ戻された。

レストランで裴守一《ペイ・ショウイー》に降ろされた余真軒《ユー・ジェンシュエン》は、キッチンから持ってきた救急箱と、その中から包帯と消毒液を取り出した裴守一《ペイ・ショウイー》を見て、慌てて弁解した。

「もめる気はなかったんだ。あいつらがあなたの悪口を言っていて、この店の酒はまずいと言っているのが聞こえたから」

「何を言われたって気にするな。お前はもう三十代になるっていうのに、まだ高校生のつもりでいるのか？」

ケチを付けられたという話にも、真剣に反論されてしまった。

余真軒《ユー・ジェンシュエン》は、傷の手当てをしている裴守一《ペイ・ショウイー》をじっと見ながら言った。

「裴《ペイ》さんの悪口は許せない」

「余真軒《ユー・ジェンシュエン》、いつまで俺のひな鳥でいるんだ？」

「僕は……鳥じゃない」

「じゃあ、なぜ高校生の時は毎日保健室に来た？」

裴守一《ペイ・ショウイー》は、指先に持っていた綿棒を回しながらため息をついた。

「こんなことになるとわかっていたら、あの時、構わなければよかったな」

「……」

鼻の奥がジーンとして、余真軒《ユー・ジェンシュエン》の目から涙がこぼれ落ちそうになった。

自分にとって一番幸せな時間だったのに、どうしてそんなに悪く言うのか？

裴守一《ペイ・ショウイー》、あなたから見れば僕は捨てられない迷惑者なんだろうか？

それとも、まとわりついているのがあの人ではないから？

「高仕徳《ガオ・シードー》……」

うらやましさと嫉妬《しっと》が入り混じった三文字が、余真軒《ユー・ジェンシュエン》の口から出てきた。

「なんで仕徳《シードー》を知っている？」

「彼なら面倒くさいと思わないんでしょう？」

昼下がり、裴守一《ペイ・ショウイー》とあの男の会話を耳にした。

――「高仕徳《ガオ・シードー》、電話越しでも強い愛が伝わるな。お前は本当に可愛いやつだ。暇ができたら顔を出せよ。可愛がってやる」

めったに笑顔を見せない裴守一《ペイ・ショウイー》が、電話の向こうの相手に微笑むなんて……。

聞きたい。裴守一《ペイ・ショウイー》と高《ガオ》社長との関係を。

でも、裴守一《ペイ・ショウイー》の答えが怖くて、黙って引き下がった。あの笑顔は、自分のためのものじゃないから……。そして彼の好きな人は自分じゃないから。

「高仕徳《ガオ・シードー》のことが好きなんでしょ、彼のことが。彼が好きだから、僕が何をしても僕のことは好きじゃないんでしょ？」

笑みをたたえながら、悲しみの涙を流した。

急に、自分の一番欲しいものを持っているあのマザコンがうらやましくなった。

「好きという気持ちがわかるのか？」

「わかってるよ。だって、十二年前に僕を拾ってくれた時から好きになったんだから……裴守一《ペイ・ショウイー》、好きだ」

手を伸ばして相手の顔に手を添え、唇にキスをした。

まるで、十二年間携えてきた思いと、当時はわからなくて言葉にできなかった本当の気持ちを、このキスで伝えようとするかのように。

「……」

裴守一《ペイ・ショウイー》はそれを拒否せず、淡いキスが終わるのを静かに待った。

拒まなかったのは、相手の傷つく目を見るのを恐れたからだし、説明しなかったのは、自分の言葉がきつくなると心が乱れるからだった。だからキスも気にしないふりをした。ただ黙ったまま、客に殴られて血が出ている手を取り、消毒液のキャップを回して茶色の液体を綿棒につけ、手の甲の傷に塗った。

第四章　その幸運は誰のもの？

四年前　アメリカ・テキサス州

東海岸[1]の心地よい日差しが、昼下がりの庭に静かに降り注いでいる。

外の回廊に立ち、高仕徳《ガオ・シードー》はチャットルームの既読スルーされたメッセージを見てから、Abruti87887278@gmail.com という二人だけのアカウントを確認した。そして、恋人から送られたメールや、自分から送ったが梨のつぶてのメールを数えながら、ため息をついた。

「二か月で帰るって言ってたのに、一年経ってもまだここにいるんだからな。書逸《シューイー》、俺の説明、聞いてくれる？」

母親の結婚式に出るために台湾を離れた。二か月で帰れると思っていたのだが、飛行機が着陸する間際に母親が「目がよく見えない」と言い出した。その後、吐き気とめまいを起こし、空港の医療スタッフの助けを借りて、近くの病院に運び込んだ。

診断の結果、母親はすでに妊娠三か月で、妊娠高血圧症と子癇《しかん》を発症したことがわかり、予定していた結婚式を延期して、結婚相手の家で静養することになった。

出産時に、胎盤剥離《たいばんはくり》による大量出血で赤ちゃんも危険な状態になった。けれども幸いなことに、医師の適切な処置によって出産予定日より二週間も早く生まれた弟は、元気な赤ちゃんだった。しかし、母親は出産で体が弱り、会社の仕事は自分が引き受けるしかなかった。

昼間は会社で仕事をし、家に帰ると幼い弟の世話をした。そのせいで半年以上睡眠不足の状態で、リビングのソファーで寝てしまうこともしばしばだった。アシュリーが先に会社からの緊急電話に出て、それから自分を起こし、対応させるということも何度かあった。

弟が一歳になってから、ようやく一息つけるようになった。ただ、二人だけのアカウントには返事が全くもらえず、チャットルームも空っぽのままで、既読スルーされ続けた。


画面を滑る指は、あるメールの添付ファイルに止まった。それは、義父が庭に植えたアイリスの写真だった。

伝説によると、初代のフランス国王が洗礼を受けた時に神様から授けられた花だと言われ、それ以来、光と自由を象徴する小さな紫の花は、フランスの国花となったのだ。

アイリスの花言葉は「変わらぬ思い」。そこで、庭の花の写真を撮り、一万二千三百四十八キロ離れた海の向こうの恋人にそれを送って、自分の恋しい思いを伝えた。

スマホのその写真を見て、微笑みを浮かべながら家の中に入ると、荷物をまとめ、台湾行きのチケットを予約した。

「母さん、じゃあ行くよ」

スーツケースを引いて玄関まで行くと、部屋から出てきた母親に別れを告げた。まだ少し弱っていたが、母はかなり回復していた。

「忘れ物はないわね」

母はゆったりとしたルームウェアに身を包み、職場でのスマートさや凛々しさは薄れたが、母親としての柔らかさを取り戻していた。愛に包まれている女性は、こんなにも美しいのかと、自分さえ思わず見とれてしまうことが何度かあった。

「ああ、大丈夫だ」

「今回戻ったら、書逸《シューイー》に弁解してね。それともやっぱり私から話す？　妊娠に気付かずに流産しそうになって、あなたをすごく驚かせたし、会社もめちゃくちゃになっちゃったし。あなたは、私と会社の面倒を見るために帰れなくなっちゃったんだから……」

高仕徳《ガオ・シードー》は笑いながら母親の話を遮《さえぎ》った。

「大丈夫だよ、母さん。こんなにいろんなことが起きたのは、母さんのせいじゃない。それより自分の体を大切にして。妊娠高血圧症もひどかったし、まだ完全に治ってないんだから。俺が行ってしまったら、一人でオスカーの面倒を見るのは大変だよ」

やつれた息子の顔を見ると、母親は手で彼の頬《ほお》を撫《な》でながら、悔しそうに言った。

「あなたは本当に優しいんだから。今はブランドンとアシュリーも助けてくれる。もうこれ以上あなたの足を引っ張りたくないの」

「足を引っ張ってないよ」

高仕徳《ガオ・シードー》は首を横に振って、外まで見送ろうとする母親を止めた。

「母さん、見送りはいいから、中に入って」

「はいはい。何かあったら連絡して。必ず力になるわ。行ってらっしゃい。飛行機が着陸したらメッセージを送ってね」

「ああ」

スーツケースを引きながら、陽の光が降り注ぐ家と、緑色の芝生を後にした。そして青空を見上げ、タクシーに乗って空港へと向かった。

機内では、機長の「まもなく離陸します。携帯電話の電源をお切りいただくか、機内モードにしてください」というアナウンスが流れた後、また既読スルーされるかもしれないメッセージを送った……。
［書逸《シューイー》、もうすぐ始発便で帰国するよ。明日の午前中に着くから。せめて……会ってくれないかな？］
それからスマホを機内モードに切り替え、十五時間の旅に出た。
しかしそこに降り立った時には、全てを変えてしまうような電話が自分を待っていようとは、想像もつかなかった……。

＊　＊　＊

前日、腹痛で急きょ病院に運ばれた周書逸《ジョウ・シューイー》は、朝の光が降り注ぐベッドの上でゆっくりとまぶたを開き、目を覚ました。

体の向きを変え、隣に寝ていた高仕徳《ガオ・シードー》に目を向けた。高仕徳《ガオ・シードー》もわずかな動きを感じると、目を開けて周書逸《ジョウ・シューイー》を見つめた。

同じベッドに寝ている男を見つめながら、周書逸《ジョウ・シューイー》は昨夜ぼんやりと夢の中で見た過去の光景と、『朝日のような愛』[2]というエドモンド・オニールの詩を思い出した。

times when peace and happiness seemed more
like intruders in my life than
the familiar companions they are today;
times when we struggled to know each other,
but always smoothing out those rough spots
until we came to share ourselves completely.

平和と幸福を手に入れたばかりの頃
まだ慣れていなかったのに
お互いを理解しようと、次々と人生の困難を乗り越えた
心が通い合うまで

We can never rid our lives entirely
of sadness and difficult times
but we can understand them together, and grow

stronger as individuals and as a loving couple.
If I don't tell you as often as I'd like,
It's because I could never tell you enough——
that I'm grateful for you
sharing your life with mine,
and that my love for you will live forever.

人生の悲しみや苦しみは、誰も避けられない
でも、二人で乗り越えられれば、強い大人になって
強く、愛し合うカップルになれるだろう
もし、私が以前ほど頻繁《ひんぱん》にあなたに話さなくなったとしたら、それはどう言葉にしていいか
わからないから——
私と共に人生を過ごしてくれていることに、どれだけ感謝していることか
愛している
永遠に愛している

「すまない。君の言う永遠を信じなかった……人生の決断をするのに俺は十年間もかかった。だけど君はすぐに『好きだ』と言った。だから、その場の雰囲気で、俺の気持ちにただ応えるために言ったに過ぎないと思った」

高仕徳《ガオ・シードー》は深く息を吸って、相手の目を見つめながら、一晩中考えていたことを努めて冷静な声で言おうとした。

「あの年、帰国した時、すぐ君のお父さんと電話が繋がったんだ。会っていろいろ言われたよ。そのほとんどが、俺がずっと思っていたことだった。君が俺のもとを去ってしまう理由。それに、君のスマホはお父さんが持っているし、かつて蔣聿欣《ジャン・ユーシン》に惚れていた君は、結局女の子を、俺よりもっとふさわしい人を、一緒にいる人として選んだんだな、と。

俺たちは昔と同じように、交わることのない平行線なんだ、美しい恋も一瞬の衝動に過ぎず永遠ではない、そう思った」

「……」

周書逸《ジョウ・シューイー》は赤い目で喉仏《のどぼとけ》を上下させながら、涙を飲み込んで静かに聞いていた。

「でも本当に悔しかった。おじさんに言われたことは全て正論だったよ。君が去るのを恐れて卑屈になったけど、足を引っ張りたくなかった。それで、おじさんの言う条件を飲んだ。証明したかった。君の隣にいる資格があると、君にふさわしい人は俺だと……ごめん、本当に……

ごめん」

その声はだんだん、涙声になった。

周書逸《ジョウ・シューイー》はゆっくりと体を起こし高仕徳《ガオ・シードー》のそばに座ると、彼の顔を自分の方に向けさせ、怒りと共に相手の額を叩いて、真剣な眼差しで言った。

「ふさわしいかどうかを決めるのは、俺だ。他人ではないし、無論、お前でも父さんでもない。誰も決める資格はない」

最初から最後まで望んでいたのは、自分への正直さと誠実さだけだった。

愛とは、二人が愛し合うことであり、そして途中で遭う困難や障害は共に背負うべきだ。

二十二歳の彼は、まだ若過ぎて、不安の種が心の奥底に根を下ろし、誤解を招いた。

二十七歳の彼は、すでに真実と嘘を見分けることができる立派な大人になっていた。

望んでいた告白を手に入れた以上、意固地になって相手を傷つけ、さらには自分も傷つける必要はあるのか？

彼はビジネスマンであり、自分や他人が損をするビジネスはやらない。損失を防止し、いつでも手放すことで、本当に望む幸せを手に入れられる、ということを知っていた。

ベッドから立ち上がると、クローゼットの奥から小さな灰色のフランネルの箱を取り出し、ベッドに戻った。高仕徳《ガオ・シードー》の隣に座ると、彼の唇に箱を押し当て、謝り続けている口を塞《ふさ》いでから、言った。

「高仕徳《ガオ・シードー》、もう一度チャンスをやる。答えろ。お前が言ったあの『幸運』は、今も俺のものか？」

「……」

高仕徳《ガオ・シードー》は、震える指先でゆっくりと箱を開けた。

中には、彼がかつて贈った、二人の愛の証であるレザーブレスレットが入っていた。

二人が再会した時から、周書逸《ジョウ・シューイー》の右手首にブレスレットがないことに気付いていた。

諦めた恋のように、どこかに捨てられたと思っていたが……。

意外にもクローゼットの奥に隠されていて、埃《ほこり》を被っていないどころか、箱の縁には磨耗の跡さえ残っていた。ブレスレットの持ち主がどんなに怒っても、捨てることができないばかりか、何度も箱を開けて、中に入っているかどうかを確認していたことがわかるのだった。

――「あの『幸運』は、今も俺のものか？」

――「あの日保健室で、お前に片思いされる人は幸運だと言ったけど、その後、俺が眠っていると思って、耳元で、その幸運はずっと前から俺のものだって言ったよな」

――「俺のことは……好きじゃないと言っただろ……」

――「男が、好きだと思う？」

――「お前だからだ。好きじゃないのに……男でも好きになってしまった……」

昔、二人は西門《シーメン》町の歩道橋の上で、互いの気持ちを確かめ合った。

そして今、遠回りをした後、ようやく愛の国で再会した。

――「どんな時でも外すな」

――「入浴中もか？」

――「そうだな、入浴中は例外だ。これからは、着けていいのは俺が贈った物だけだからな」

――「どうして？」

――「君の過去に入り込むことはできない……だけど、未来は僕だけだ」

「……」

そのブレスレットを見ると、高仕徳《ガオ・シードー》は涙を流しながらマグネットの留め具をはずし、周書逸《ジョウ・シューイー》の右手首にゆっくりと巻きつけた。一回、二回、三回と。そして、同じブレスレットを着けた右手で相手の右手を握り、指先に愛情を込めたキスをした。

「その幸運は、ずっと、ずっと、ずっと、いつだって君のものだ」

周書逸《ジョウ・シューイー》は口角を上げて赤い目で微笑むと、顔を寄せて相手の額に許しと愛のキスをした。

「書逸《シューイー》、ありがとう……ありがとう……」

手を伸ばし、一度失った恋人を再び腕に抱いた。一度は失った鼓動が、再び胸元で脈打っているのを感じながら。

「書逸《シューイー》、アメリカにいた時……」

――「アメリカの女とラブラブで、赤ん坊まで抱いている君を見たんだ。帰ってきたら、死ぬほど泣いていたよ」

周書逸《ジョウ・シューイー》の父親の言葉が突然思い出され、誤解の元を説明しようとした。けれども周書逸《ジョウ・シューイー》は、高仕徳《ガオ・シードー》の唇に指を当てると、ふざけたようにウインクして、口を尖《とが》らせて言った。

「今はお前の話は聞きたくない。ただ……」

意地悪そうな顔で、愛の証を着けた右手で相手の股間を探り、挑発するように宣戦布告した。

「償《つぐな》ってみろよ。じゃないと、絶対に許さないぞ」

「後悔するよ」

欲望が喚起された低い声に、抑えている衝動が潜《ひそ》んでいた。

「お前だから、後悔はしないよ」

「……」

高仕徳《ガオ・シードー》は、そう言った相手を見てしばし呆然とした。そして、その言葉を発した唇にキスをしてから、恋人を再び柔らかいベッドに倒し、五年間の空白を体で埋め合わせた。

＊　　＊　　＊

華磬《ホアチン》科技《テクノロジー》

会議室の中では、高仕徳《ガオ・シードー》が周書逸《ジョウ・シューイー》の隣に立ち、アルファについて詳しく説明していた。

劉秉偉《リウ・ビンウェイ》と石哲宇《シー・ジョーユー》も中に入り、話し合っている二人にコーヒーを手渡した。

この光景は当然ながら、外に立っていた社員たちにも見られていた。

小陸《シャオルウ》は泣きそうな顔で、会議室の上司たちを見つめていた。

「リストラのことを話している？」

「絶対にそうだわ」

いつもポニーテールで端正なスーツ姿の大林《タアリン》が、うなずいた。

角刈りの山治《シャンジー》は、また隣の同僚二人に泣きついた。

「これで華磬《ホアチン》は買収されて、せっかく苦労して開発したプログラムをあっさり手放すなんて。

社長は、それでいいんですかね？」

昼休みになると、午前中ずっと誠逸《チョンイー》グループの代表者たちと話し合っていた高仕徳《ガオ・シードー》は会議室を出て、余真軒《ユー・ジェンシュエン》のオフィスに入り、彼の肩に腕を回した。

「いい知らせがある。リストラはない」

「本当ですか」

「周《ジョウ》副社長といろいろ計算してみたら、今の研究開発は計画通りに進んでいるので、会社全体の価値も上がっている。ここだけの話、リストラは周《ジョウ》副社長の脅しさ」

余真軒《ユー・ジェンシュエン》は顔を上げ、社長を見た。

「成果を上げるため、みんなにプレッシャーを？」

「能力テストでもある。もちろん、何人かはまだ指導が必要だ。成長しているとはいえ、会社の将来の目標にはまだ遠い。だからこの期間に、各々がより頑張る必要が――」

ところが技術長である彼は、高仕徳《ガオ・シードー》の話を遮って尋ねた。

「裴守一《ペイ・ショウイー》を知っていますか？　どのような関係ですか？　どうやって知り合いました？　彼は、僕のことを話しました？」

矢継ぎ早に質問が飛んできたが、高仕徳《ガオ・シードー》はただ一言だけ言った。

「知りたいのなら、自分で本人に聞け。話したいなら話すだろう」

「彼は、あなたとツンデレ副社長との仲を知っていますか？」

もし裴守一《ペイ・ショウイー》が高仕徳《ガオ・シードー》のことを好きなら、祝福することを選ぶ。けれども、社長は明らかにあのツンデレ副社長とつき合っている。それはつまり裴守一《ペイ・ショウイー》をだましているのでは？　彼が何も知らないように振る舞っているのでは？

よくない。とても、とても、とても、とても悪いことだ。

裴守一《ペイ・ショウイー》が知ったらと思うと、自分の胸が痛む。痛み過ぎる。

自分は十二年間、片思いの役を演じてきた。自分が受けた苦しみを、裴守一《ペイ・ショウイー》に味わわせたくない。自分はどんなに傷ついても構わないが、裴守一《ペイ・ショウイー》を傷つけることは誰にも許さない。

高仕徳《ガオ・シードー》は、余真軒《ユー・ジェンシュエン》の目に宿る怒りを感知した。しかし、従兄《いとこ》のことについては、本人が何も言わない以上、傍観者である自分が説明する資格はない。彼は質問を止めるため、珍しく厳しい表情で言った。

「真軒《ジェンシュエン》、君は会社にとって非常に重要な人材だ。尊敬している。だが、俺のプライバシーに干渉することは許さない。忘れるな。俺は社長であり、上司だ」

そう言うと、余真軒《ユー・ジェンシュエン》の胸元に緑色のフォルダーを押しつけた。

「これを読め」

そしてドアの方に向かい、技術長のオフィスを後にした。

「マザコン！」

余真軒《ユー・ジェンシュエン》は相手の背中を睨《にら》みつけ、怒りがこみ上げて悪態をついた。

＊　　＊　　＊

レストラン

「余真軒《ユー・ジェンシュエン》とは、彼の高校時代に知り合ったの？」

高仕徳《ガオ・シードー》は、誰かさんが大学の保健室から持ち出し、レストランの宝物として店に置いてある頭蓋骨の標本をいじりながら、尋ねた。

「ああ」

忙しそうにグラスを洗っている彼は、淡々と答えた。高仕徳《ガオ・シードー》は、頭蓋骨の標本を置いて目の前のグラスを手に取ったが、裴守一《ペイ・ショウイー》に止められた。

「周書逸《ジョウ・シューイー》のだ」

「俺のは？」

裴守一《ペイ・ショウイー》は横目で自分の従弟《いとこ》を見ながら、不機嫌そうに言った。

「お前がいなければ、アイツも俺を見つけられなかったのに」

「どういうこと？」

「お前の後をつけた。それで俺のことを見つけた」

「余真軒《ユー・ジェンシュエン》が尾行したって？」

「そうだ。お前と周書逸《ジョウ・シューイー》との関係が会社にとってよくないと思って、こっそり見張ってたのさ。それがまさかの……」

裴守一《ペイ・ショウイー》は指先で従弟の顎《あご》を上げると、目をむいてあげつらった。

「バカじゃないのか？　つけられても気付かないなんて」

「どうりで、自分の夫と不倫中の愛人を見るような目で見られたわけだ」

周書逸《ジョウ・シューイー》以外の人間に対しては、高仕徳《ガオ・シードー》は決して人がよいわけではない。場合によっては、情緒障害の裴守一《ペイ・ショウイー》と同じレベルの嫌味な人だ。

裴守一《ペイ・ショウイー》は従弟を睨むと、顎から指を引いて、客に供するつまみの準備を続けた。

「あのさ、もしかして、真軒《ジェンシュエン》は少し……おかしい？」

仕事ではそう感じないのだが。何しろ、余真軒《ユー・ジェンシュエン》はプログラミングの分野においては天才なのだ。だからたとえ、論理や話し方、行動スタイルが普通の人とは少し違っていても、高仕徳《ガオ・シードー》は社員のプライバシーを尊重し、決して余真軒《ユー・ジェンシュエン》の個人的な事情を問うたことはなかった。

しかし、「裴守一《ペイ・ショウイー》」のこととなると、余真軒《ユー・ジェンシュエン》はまるで別人のように反応した。パニックになり、不安そうで、興奮し、さらには暴力的にもなった。

「親離れできないし、被害妄想だし、アスペルガーだ。軽度の鬱《うつ》で自傷行為もする。何から聞きたい？」

裴守一《ペイ・ショウイー》が一つの症状を言うたびに、高仕徳《ガオ・シードー》は顔をしかめた。

「もういい。彼のことをよく知っているんだな」

「彼が高三の時、一年間面倒を見てた」

「つまり、高校の校医を辞めた理由はそれが――」

「はい！　どうぞ！」

「サイレント・サード」と名付けられた、ウイスキーをベースに、コアントローとレモンジュースで割ったカクテルが、カウンターに置かれた。

会話を続けたくない時は、いつも口封じのためにカクテルを出してくる。微笑むと、高仕徳《ガオ・シードー》は何も言わずにグラスを手に取り、屋外のダイニングテーブルへと歩いていった。

「高仕徳《ガオ・シードー》と仲直り？」

オープンエアーのダイニングエリアで、石哲宇《シー・ジョーユー》が大学時代の友人であり、今では上司でもある周書逸《ジョウ・シューイー》を見つめながら尋ねた。

「あっさりあいつを許したのか？　お人好し過ぎて、話にならないだろ！　あの頃、あいつがしたことを忘れたのか？　この数年というもの、俺と秉偉《ビンウェイ》の支えがなかったら、乗り越えられたと思うか？　それに復讐《ふくしゅう》の計画はどうした？　もうやめるのか？」

テーブルの下では、劉秉偉《リウ・ビンウェイ》がこっそりと恋人のズボンを引っ張り、その場を収めようとしていた。

「書逸《シューイー》が決めたんだから、それを応援しよう。もつれていたとはいえ、お互い理解し合えてよかった。過去は水に流してさ。それが器の大きささ」

「俺の器が小さいと言いたいのか？」

石哲宇《シー・ジョーユー》は相手の言葉尻を捉え、激しく追い詰めた。

「違うよ。恋愛は当事者の問題なんだから、口出しはやめよう」

「つまり、俺が口うるさいってことか？」

「えっと、酒がなくなりそうだな。取ってくるよ」

口では恋人にかなわない法務担当は、慌てて立ち上がり、きな臭い「戦場」から逃げ出した。

劉秉偉《リウ・ビンウェイ》が離れると、周書逸《ジョウ・シューイー》は大学時代の友人を見て、思わず首を横に振った。

「あまりいじめるな。この調子では、いくら好かれてるといっても、いつか愛想をつかされ、後悔することになるぞ」

しかし石哲宇《シー・ジョーユー》は眉を上げると、得意げに言った。

「馬とニンジンの話、知ってる？　目の前にニンジンが吊るされれば、馬は走り続ける」

あまりにも簡単に手に入るものは、大切にする方法がわからない。

だから、自分は優位に立ち続けなければならない。あのバカな馬に追いかけ続けられるように。

「それでお前は馬なの？」

「俺はニンジンだ。わかる？　多くの人は、征服する方法しか知らなくて、大切にする方法を知らないいんだ」

「自分の尺度で物事を決めつけるな」

高仕徳《ガオ・シードー》が石哲宇《シー・ジョーユー》の話を遮《さえぎ》った。そして、持ってきた二杯の酒のうちの一杯を周書逸《ジョウ・シューイー》に渡すとその左に座り、皿から店の看板メニューである唐揚げを手に取って、笑顔で恋人を見つめた。

郵 便 は が き

（切手をお貼り下さい）

170-0013

（受取人）

東京都豊島区東池袋3-9-7
東池袋織本ビル4F
㈱すばる舎 行

この度は、本書をお買い上げいただきまして誠にありがとうございました。お手数ですが、今後の出版の参考のために各項目にご記入のうえ、弊社までご返送ください。

お名前《ふりがな》	男・女	才
ご住所 〒		
ご職業	E-mail	
今後、新刊に関する情報、新企画へのアンケート、セミナー等のご案内を郵送またはＥメールでお送りさせていただいてもよろしいでしょうか？ □はい □いいえ		

ご返送いただいた方の中から抽選で毎月３名様に
3,000円分の図書カードをプレゼントさせていただきます。

当選の発表はプレゼントの発送をもって代えさせていただきます。
※ご記入いただいた個人情報はプレゼントの発送以外に利用することはありません。
※本書へのご意見・ご感想に関しては、匿名にて広告等の文面に掲載させていただくことがございます。

◎タイトル：

◎書店名（ネット書店名）：

◎本書へのご意見・ご感想をお聞かせください。

ご協力ありがとうございました。

「これおいしいよ。食べてみる？」

「ああ」

「熱いから気をつけて」

唐揚げをつまんで、恋人の口に丁寧に入れた。その光景に、石哲宇《シー・ジョーユー》はうんざりしたような顔をして、抗議の声を上げた。


食事の途中で、石哲宇《シー・ジョーユー》と周書逸《ジョウ・シューイー》が大学時代の思い出について話している隙《すき》に、劉秉偉《リウ・ビンウェイ》は高仕徳《ガオ・シードー》をレストランの反対側に連れていき、親切心から言い聞かせた。

「復縁したからには、突然消えたりするなよ。あの頃、書逸《シューイー》がどれだけつらかったか知らないだろ？」

「どういう意味？」

この数日、いろいろな可能性を考えた。書逸《シューイー》の父親が阻止したことが理由の一つではあるが、それが一番の理由ではないのではないかと思ったのだ。だから、共通の友人に聞いてみたかった。二人が離れていた間に、書逸《シューイー》にいったい何があったのかを。

劉秉偉《リウ・ビンウェイ》は展望台の手すりに手を置くと、対岸の街灯を眺めながらため息をついた。

「お前がアメリカに行った後、連絡するといつもなおざりで、ある日電話をかけたら、女の子が電話に出た。それでお前を探しにアメリカに飛び立ったんだ。ところが、お前がアメリカ人の女の子と一緒に赤ちゃんを抱いているのを見た、と」

高仕徳《ガオ・シードー》は眉をひそめると、劉秉偉《リウ・ビンウェイ》に問いかけた。

「またアメリカ人の女の子？　その君らが言っているアメリカ人の女の子って、いったい誰なんだ？」

劉秉偉《リウ・ビンウェイ》は高仕徳《ガオ・シードー》を睨むと、皮肉った。

「お前がその子と一緒に赤ちゃんを抱いていたんだよ。俺が知るかよ」

「いつアメリカ人の女の子とつき合ったっていうんだ。子どもだってできたことなんかないし」

「そうであってもそうじゃなくても、とにかく和解したんだから、二度とあいつを傷つけるな。書逸《シューイー》はあの頃、本当に悲惨だったんだから……」

劉秉偉《リウ・ビンウェイ》は話を続けた……。


アメリカから戻った周書逸《ジョウ・シューイー》は、バーに入り浸って酒に溺《おぼ》れていた。父親にもスマホで高仕徳《ガオ・シードー》との関係を知られ、毎日親子で喧嘩《けんか》していた。

――「全部知った方がいいさ。今までいつ俺のことを気にかけてくれた？」

――「俺の心の中ではいつまで経っても子どもだ、お前は」

――「何も知らないくせに」

――「全部知ってる！」

二人の喧嘩は激しくなり、傍《かたわ》らにいたボディガードさえ、腕を振り上げて周書逸《ジョウ・シューイー》を殴ろうとする父親を、驚いた表情で止めたほどだった。

――「言え！　お前が好きなヤツはいったい……まあいい。そいつに会えないように、ここから出て行け！　直ちにだ！　直ちに！」

――「わかった。一人で暮らしたい」

――「ダメだ、絶対に許さない！」

――「知るか。俺は一人で暮らす。ひ・と・り・で！」

それで、スマホを没収された。

そして、前のマンションから、今の家に移った。

――「書逸《シューイー》は君と別れるそうだ。二度と会わないでくれ」

――「ありえません。書逸《シューイー》がそんなことを言うはずがないです。きっと何か誤解があるに違いありません。彼に直接会って説明したいと思います」

——「別れる気がないのなら、スマホを私に渡すかね？　君ね、諦めなさい。女の子を見つけて普通の恋愛をするんだな。息子の人生を邪魔するな」


　愛の世界に落ちれば落ちるほど、人はバカになる。

　二人を引き裂くための作り話を安易に信じてしまい、書逸《シューイー》の愛を疑うほど愚かだった……。

「くそ！」

　高仕徳《ガオ・シードー》は拳で手すりを叩くと、自分を呪った。

「何が？」

「いや。それで？」

「それから、誠逸《チョンイー》グループ内で株主の親戚《しんせき》ともめることがあったんだが、事態を収拾するために、決してお前の話はせずに、会社の安定のために父親をサポートした。表面上はお前との関係はないものにしていたけど、それでも心の中ではお前のことをいつも忘れてはいなかった。そうじゃなきゃ、どうして一人暮らしを続けるかって。食器の洗い方を覚え、偏食しないように頑張って、今まで覚える必要のなかったことを覚えて、成長しようとしていたんだ。

　全ては、お前が戻ってきた時に、お前にもう頼らず、支える側になるために準備していたんだよ」

劉秉偉《リウ・ビンウェイ》はしばらく話を止めると、大学時代には気に食わなかった相手を見て、真剣に言った。

「仕徳《シードー》、書逸《シューイー》はお前を本当に想っている。あえて言うなら、書逸《シューイー》ほどお前を愛してくれる人は他にいないぞ」

ある時、石哲宇《シー・ジョーユー》と一緒にバーに迎えに行ったら、周書逸《ジョウ・シューイー》はスマホを握りしめて泣いていた。あんなにプライドの高い男が、バーで見知らぬ人たちの前で泣いているのを見たのは初めてだった。

「……」

高仕徳《ガオ・シードー》は、劉秉偉《リウ・ビンウェイ》を見て黙っていた。

あの頃の自分は、母親と会社のことでいつも頭がいっぱいで、メッセージやメールが届いても、頭が冴えているのか精神的に参っているのか、自分でもわからなかった。

自分が、周書逸《ジョウ・シューイー》の気持ちを無視した。

相手は世話の必要な温室の花ではなく、共に立ち向かう仲間であることに気付かなかった。自分は強がっていたから。

一人で差別や攻撃を背負うのは愛ではない、ということを忘れていた。二人寄り添い合って、一緒に棘《とげ》を切り払い、立ちはだかる障害物を取り除き、嵐に立ち向かうのだ。

幸いなことに、まだ挽回できる。

一度は失った、大切な恋人と二人の幸せを取り戻す。

＊　　＊　　＊

西門町《シーメン》

飲み会の後、まだ帰りたくない二人は便利なタクシーをやめて、地下鉄で台北《タイペイ》の繁華街に戻ってきた。西門《シーメン》駅を出て歩いていると、いつの間にか見慣れた歩道橋に来ていた。

歩道橋の下のまだにぎわっている台北《タイペイ》の通りを眺めながら、周書逸《ジョウ・シューイー》が尋ねた。

「この場所を覚えてるか？」

「もちろん覚えているよ。バカがここで叫んで――」

「黙れ」

恥ずかしそうに高仕徳《ガオ・シードー》の袖を引っ張り、相手の話を止めようとした。

高仕徳《ガオ・シードー》は逆に、歩いていた周書逸《ジョウ・シューイー》を引き寄せ、尋ねた。

「なぜ、聞かない？　連絡が突然途絶えた理由や、俺だってどこから出てきたのかわからないアメリカ人の女の子のことを」

なぜ、聞かない？

なぜ、簡単に許せる？

問いただす権利があるのに、なぜ……。

周書逸《ジョウ・シューイー》は微笑みながら答えた。

「父さんが掘った穴に飛び込むようなやつだ。俺に誤解されても釈明もしない。そんなやつを疑うか？　バカ！」

「誰がバカだって？」

「お前だよ」

不満そうな顔で相手を見ると、高仕徳《ガオ・シードー》は手すりをつかんで、歩道橋の下の車道に向かって叫んだ。

「誰かさんはここで——俺、周書逸《ジョウ・シューイー》は高仕徳《ガオ・シードー》が好きだ！　大大大大大好き！　世界で一番好きなのは、こいつだ！」

「高仕徳《ガオ・シードー》！」

「ここにいるよ！　今、また愛の告白する？」

「バカ！」

「バカが好きな人もバカじゃない？」

「もう、腹立つ。俺はもう帰る」

「俺、周書逸《ジョウ・シューイー》は高仕徳《ガオ・シードー》が好きだ！　大大大大大好き！」

「ほらもう、みんな見てるったら」

頬を赤く染めた人は、相手の袖を引っ張り、戯《たわむ》れながら思い出が詰まった歩道橋を下りて、二人の「家」に帰った。


恋愛は、人を愚か者にしてしまう。お互いの思い込みは、五年間の後悔を招いた。再び幸運を取り戻したのだから、今度は互いの愛を心で理解し合えばいい。誤解を解くために、余計な言葉で説明する必要はないのだ。

愛し合うこと以外、何もいらない。

＊　＊　＊

レストラン

「裴《ペイ》さん、お先に失礼します」

「ああ。また明日」

レストランのスタッフを見送ると、椅子に座り、ようやく夜の川岸と対岸の街灯を眺める余裕ができた。しかしその時、余真軒《ユー・ジェンシュエン》がビニール袋を提げて、うれしそうに歩いてくる姿が見えた。

「なぜ来た？」

「会いに来たんだ」

「高仕徳《ガオ・シードー》を困らせるな」

「マザコンに言われたの？」

裴守一《ペイ・ショウイー》は、こちらに向かってくる人に冷たい顔で答えた。

「違う。念の為にだ。それから、明日から二度と来ないでくれ。来てほしくない」

「どうして？」

その言葉を聞いた余真軒《ユー・ジェンシュエン》は、うれしそうだった歩みを止めた。昨日まで来られた場所が、明日からはなぜだめなのか、わからなかった。

「あの時、俺はお前にこれ以上会うのが嫌で退職した。お前を見てると――」

裴守一《ペイ・ショウイー》は目をそらし、眉をひそめて言った。

「イラつく」

「離れているところでもいいよ。あなたに迷惑をかけないから」

相手のそばにいられる方法を提案しようとしたら、相手は胸ポケットから一枚の名刺を取り出して言った。

「友人がやっている心療内科だ。ここに行って」

「僕は病気じゃない！」

余真軒《ユー・ジェンシュエン》は叫んだ。

「病気じゃない？　何年もかけて俺を探して、そして見つかったら、あの時のようにいくら振りきっても振りきれない。これが病気じゃないって？　それともどんな方法で同情を引く気なんだ？　昔は高校生だったから、ガキだと思ってまだ許せた。二十九歳にもなってまだこの有り様なら、間違いなく異常だ」

「僕は異常じゃない！　違うったら！」

両手を握りしめていたが、「キレてはいけない」という裴守一《ペイ・ショウイー》の忠告を覚えていた。十二年前のように、抑えきれない感情を他人や自分にぶつけるようなことはしなかった。

覚えている。全部覚えている。

殴ってはいけない！

罵《のの》ってはいけない！

キレてはいけない！

自分を傷つけてはいけない！

覚えている。全部覚えている。なのに、なぜ？

ちゃんと守っているのに、なぜ異常だと言うんだ？　なぜ、十二年前と同じように、自分を捨てる？


「……」

裴守一《ペイ・ショウイー》は、心が引き裂かれるような痛みを感じた。

情緒障害の自分が、感情を抱くはずがないし、相手の瞳に映る苦しみや期待を理解できるはずもない。

余真軒《ユー・ジェンシュエン》には心の病がある。そして、自分にも、だ。

二人は、角が欠けた円が失われた角に会ったのではない。ボロボロの二つの円であり、それぞれがその場で転がる運命なのだ。

「僕は異常じゃない……」

体の横で握った拳の指をゆっくりと緩め、意気消沈した口調で最後に自分を守るように声を上げた。

「ならもう来るな！」

感情の起伏のない顔でそう言うと、裴守一《ペイ・ショウイー》は後ろを向いて階段を上っていった。

＊　　＊　　＊

華磬科技《ホアチンテクノロジー》
高仕徳《ガオ・シードー》は椅子に寄り掛かり、オフィスにいるもう一人の男を見つめていた。

午後の日射しがガラス窓から差し込み、右手首に着けている愛のブレスレットと、恋人のハンサムな顔を見ながら、物思いに耽《ふけ》っていた。

「イケメン過ぎるだろ？」

相手の視線に気付いた周書逸《ジョウ・シューイー》は、手に持っていたタブレットを置くと、机の向こうの人を見上げ、微笑んだ。

「まあな」

「冗談だよ」

「俺は本気さ」

あまりに真剣な答えが返ってきて、挑発した方が照れくさそうに話題を変えた。

「何してた？」

「業者にメールの返信さ」

「プッ」

「何を笑ってる？」

「何でもない。アメリカに行った後、毎日メールしろだなんて、俺は中二病だったな。送られなくてよかったよ」

高仕徳《ガオ・シードー》は驚いた顔で相手に確認した。

「毎日書いたよ」

「そんなはずないよ。受け取ってない」

周書逸《ジョウ・シューイー》はタブレットを渡すと、受信フォルダにある全てのメールを表示させた。

「見てみろよ」

「俺は、全部送信した」

慌ててパソコンを開き、メールの送信履歴を確認した。

「そんなはずはない」

周書逸《ジョウ・シューイー》もおかしいと思い、机を回って高仕徳《ガオ・シードー》の後ろに立ち、一緒にパソコンの画面を見た。

「全部送信している」

「本当だ！」

周書逸《ジョウ・シューイー》は空っぽの受信フォルダを確認してから、高仕徳《ガオ・シードー》を見つめ、そして二人は口を揃えて言った。

「君のお父さんだ！」

「父さんか？」

全て、真実が明らかになった。

父親は、五年間の契約とスマホだけではなく、二人のメールのやりとりも遮断していたのだ。

「一か月間、一緒に食事をしない」

周書逸《ジョウ・シューイー》は怒ったように言ったが、彼の父親を二度と敵に回したくない人に、苦笑いしながら止められた。

「そんなことしたら、俺はお父さんにもっと嫌われるよ」

「じゃあ……」

依然として納得いかない方は、ウインクしながら言った。

「こっそりと、とっちめるよ」

「ああ、その方がいいな」

「ハクション」

とある場所で、会社の幹部と会議をしていた社長は、部下の前で激しいくしゃみをした。

周書逸《ジョウ・シューイー》の父親は、戸惑いながら鼻を触り、嫌な予感を感じていた。

＊　　＊　　＊

深夜の真っ暗なオフィスで、パソコンの画面が突然明るくなった。

複数のウィンドウが表示され、カーソルが誰にもコントロールされずに画面を移動し、その中の一つをクリックして、パソコンに保存されていたデータを盗み出した。

翌朝、ＩＤカードで社内に入り、パソコンを開いた社員たちは、異変に気付いた。

小陸《シャオルウ》はパソコンの画面を見つめながら、隣の先輩に聞いた。

「大林《タアリン》さん、ログインできます？」

「できない。山治《シャンジー》、あなたは？」

大林《タアリン》は首を横に振ると、奥の席に座っているもう一人のエンジニアに尋ねた。

「だめだ、いくらやっても入れない」

山治《シャンジー》は技術長の個室の方を見ると、大きな声を上げた。

「技術長、ログインできます？」

椅子にしゃがみこんでいる技術長は両手でバツを作り、同じ問題が起きていることを知らせた。

パニックがオフィス中に広がった。二十分後くらいに、高仕徳《ガオ・シードー》が社員たちの前に現れ、現在の状況を説明した。

「昨夜、サーバーに異常な記録があった。システムに侵入されて、アルファのデータが盗まれた」

周書逸《ジョウ・シューイー》が、続けて説明した。

「すでに警察に通報した。すぐにＩＰの特定がされるはずだ。ただ、無用なトラブルを避けるために、口外はするな。秘密保持契約書を配るので、全員署名を頼む」

しばらくすると、高仕徳《ガオ・シードー》が警察からの電話に出た。

「もしもし、私です。調べがついた？　だから……」

　驚きの視線が、ガラス張りの個室のドアの前に立ち、最新情報を待っている余真軒《ユー・ジェンシュエン》に向かった。彼は高仕徳《ガオ・シードー》が、他の誰かを見ているのかと思い、後ろを見たが、後ろには壁しかないことに気付き、また顔を戻した。
　すると、高仕徳《ガオ・シードー》、周書逸《ジョウ・シューイー》、誠逸《チョンイー》グループの法務と特別補佐、そして華磬科技《ホアチンテクノロジー》の社員たちまで、信じられないという目で自分を見つめていることがわかった……。

訳注
1　メキシコ湾の東海岸
2　Edmund O'Neill　『Love Like Morning Sun』

第五章　誰にそばにいてほしい？

十二年前

「クソガキめ！　待ちやがれ！」

「この野郎！　カネを盗んで逃げる気か！　止まれ！」

青い制服に黒いＴシャツ姿の学生は、路地裏を懸命に走っていた。後ろからは黒服の男二人が、悪態をつきながら追いかけてきていた。

──バン！

恐怖で顔が歪《ゆが》んだ少年は、走りながら後ろのチンピラとの距離を確認しようと振り返ったが、前方には目もくれなかったため、そのまま路地から出てきた男にぶつかってしまった。

ハアハアと喘ぎながら慌てて顔を上げ、胸にぶつかった男を見た。右頬《ほお》の傷からは血が流れたままだったが、後ろから迫る怒鳴り声に躊躇《ちゅうちょ》する暇もなく、目の前の見知らぬ男を避けると、狭い路地に飛び込んで逃走を続けた。

裴守一《ペイ・ショウイー》は、遠ざかる後ろ姿を見てから、ぶつかって地面に落ちた黒いバッグを拾い上げた。

その途端、少年を追っていた黒服の男二人が目の前に立ち止まり、憎々しげに尋ねた。

――「おい！　制服姿のガキを見たか？」

二人を相手にする気もなく、反対方向に顔を向けて顎《あご》を上げ、方向を合図した。

――「くそ！」

二人はそう言い捨てると体を翻《ひるがえ》し、違う方向へと向かっていった。

路地裏の角を曲がったところに隠れて覗《のぞ》いていた少年は、チンピラが遠ざかっていくのを確認するとようやくほっとして、背中を壁に付けてゆっくりと体を下に滑らせ、マンホールの蓋《ふた》の上に、膝を曲げてしゃがみこんだ。

突然、体に上着が掛けられた。

立ち上がって警戒しながら後ろを振り返った彼は、まるで怯えている野良犬が歯をむき出して誰にでも吠えるように、二歩下がって先程ぶつかった相手を怒鳴りつけた。

――「あっちへ行け！」

裴守一《ペイ・ショウイー》は、少年が突然立ち上がったせいで地面に落ちた上着を拾い上げた。そして少年が着ているシャツの左胸の部分をつかみ、青い糸で刺繍された高校名が、自分の勤務校であることを確認した。それから眉をひそめて少年の左手を握り、この安全ではない場所から連れ出そうとした。

しかし少年は、裴守一《ペイ・ショウイー》の意図を誤解した。彼が自分をあの追いかけてきたチンピラに引き渡すか、あるいは警察署に連れていって家族に連絡し、連れ帰らせるようにするのだろうと思ったのだ。

嫌だ！

ダメだ！

もうこれ以上、ばあちゃんに迷惑をかけたくないんだ。警察署に迎えに来た時、涙ながらに謝るばあちゃんの顔を見たくなかった。

そこで少年は、つかまれた手首を必死に抜こうとした。しかし残念ながら相手は大人で、力は自分より強かったので、口を開けて相手の右腕に噛《か》みついた。

――「あっ！」

予想外のことに見舞われた裴守一《ペイ・ショウイー》は、痛みで声を上げた。最初は本能的に相手を殴りつけようとしたが、恐怖と警戒が入り混じった目を見ると、左手を下ろし、冷静に少年を見つめた。

少年は、相手に悪意がないことを確信すると、ゆっくりと口を離した。そして、裴守一《ペイ・ショウイー》はあざだらけの少年を学校へ連れ帰った。

思い出は本棚にある古い写真のようだ。端は黄ばんでいても、アルバムを開くとそこに残っている記憶はいつも鮮やかなままだった……。

「裴守一《ペイ・ショウイー》、あの時はとても痛かっただろう」

余真軒《ユー・ジェンシュエン》は警察署のベンチに座っていた。長年着ているグレーのニットジャケットを羽織り、左手はステンレスの手すりに手錠で繋がったまま、膝を抱えて、あの人と最初に会った時のことを思い出していた。

あの時自分はチンピラに追われていたが、もし裴守一《ペイ・ショウイー》に助けられていなかったら、あの路地で殺されて、今まで生きられなかった。

裴守一《ペイ・ショウイー》に拾われた瞬間から、彼以外見えなくなった。もともと自分の世界には、自分を愛するばあちゃんしかいなかったが、思いがけずもう一人の人が入り込んでしまった。知的障害がある、とけなすこともなく、話し方が変だとも一切言わなかった。根気強く宿題や、どう感情をコントロールするかを教えてくれる人がいるなんて。

それ以来、自分の世界は美しい色になり、自分自身も地球の周りを回る月のように、その人の周りをひたすら回っていた。

「劉《リウ》先生、余真軒《ユー・ジェンシュエン》は現時点では疑いがある人物に過ぎないので、もう帰っていただいて構いません。ただサイバー犯罪のため、そちらの捜査協力が必要です。これらの書類に署名を」

「わかりました」

若い警察官が、余真軒《ユー・ジェンシュエン》の弁護士である劉秉偉《リウ・ビンウェイ》に状況を説明していた。彼が左胸のポケットからペンを取り出し、書類にサインをしようとした時、片隅にあるベンチの方から金属がガチャガチャとぶつかる音がした。

何度か嫌がらせをされた警察官は、席を離れて隅の方に行き、手錠を外しても帰ろうとしなかった余真軒《ユー・ジェンシュエン》を見ると、眉をひそめた。

「余《ユー》さん、ここは警察署でホテルじゃないんです。帰っていいんですよ。このままだと迷惑なんですよ……余《ユー》さん、余《ユー》さん、私の話、聞こえてますか？」

「……」

けれども、ベンチに座っている男はただ膝を抱え、壁の隅に縮こまっているだけだった。まるでそれが、自分に安心感を与える唯一の方法であるかのように。

手錠を掛けられていると、無性に裴守一《ペイ・ショウイー》に会いに行きたくなる自分を止めることができる。かつてのあの優しい瞳が、自分を見た瞬間に嫌悪の色に染まるのを見たくなかった。

＊　＊　＊

華磐科技《ホアチンテクノロジー》

「アルファは、余真軒《ユー・ジェンシュエン》に盗まれたと思う？」

周書逸《ジョウ・シューイー》はグレーの布製ソファーに座り、机の向こう側に座っている男を見ながら、そう尋ねた。

高仕徳《ガオ・シードー》は首を横に振り、重苦しい表情で答えた。

「違う。彼ならバレずに盗めたはずだ。複数のＩＰを経由したから、足がついた。そんな無駄なこと」

「それならいったい誰が？」

「そいつは、リモート操作で会社のシステムに侵入しているが、うちのセキュリティがウイルスによって破られた形跡はない。唯一の可能性は、誰かが開発段階で抜け道を作り、そこから直接アルファを盗んだということだ」

「つまり――」

同じ情報工学専攻の石哲宇《シー・ジョーユー》は瞬時に理解し、高仕徳《ガオ・シードー》を見て尋ねた。

「犯人は俺たちの身近に？」

部屋にいた他の二人は同時に人差し指を立て、口に当てた。そして高仕徳《ガオ・シードー》はもう片方の指で、わざと開け放してあるガラスドアを指差した。先程の推論がわざと「誰か」に聞こえることを意図したものだった。

昼休みが終わると、高仕徳《ガオ・シードー》は自分のオフィスを出て、意気消沈している社員たちに、自信を持って話をした。

「アルファが盗まれて、みんな悔しい思いをしているのはわかる。『何事にも負けるな』などというそんな不毛なことは言わない」

「今言った」

周書逸《ジョウ・シューイー》は隣の机に寄り掛かり、笑いながらツッコミを入れた。周りの社員たちもクスクスと笑っている。この冗談のような会話で、余真軒《ユー・ジェンシュエン》が警察に連行された後に社内に漂っていた重い雰囲気が、少しばかり和らいだ。

高仕徳《ガオ・シードー》は恋人に微笑むと、自分を見ている社員たちに視線を移し、自分の頭を指差した。

「絶望するにはまだ早い。幸いなことに、盗まれたのは基本的なシステムだけだ。核となるプログラムはここにある。全てのプログラムコードを作り直すのが容易ではないことはわかっているが、しかしここにいる君たちは、優秀な方たちばかりだと確信している。だから、納期までに何とか乗り越えよう」

ポニーテール姿の大林《タアリン》は、腕を組んで語った。

「みんなが一生懸命作ったプログラムが技術長に盗まれ、本当につらいです。社長、ご命令に従います」

「そうだ。俺たち全員、社長に従いますよ」

伊麺《イーミイエン》も、そう続いた。

「会社を代表し、この場にいるみんなに礼を言う」

高仕徳《ガオ・シードー》は社員たちに深々とお辞儀をした。

周書逸《ジョウ・シューイー》も前に出て、こう宣言した。

「残業代は倍だ。一日の終了後には、班ごとの進捗に応じて報奨金も出す」

社内は笑いと拍手に包まれたが、山治《シャンジー》だけは顎に手をやりながら、何かを考えていた。

それからの数日、華磬科技《ホアチンテクノロジー》の社員は全員残業し続けた。中には寝袋を持参して、社内に泊まり込みながら、昼夜を問わずプログラムの修復に没頭する者もいた。

「さて、これがアルファの大まかな修復状況だ。ここしばらく、みんなの頑張りのおかげで予定より進んでいるが、油断は禁物だぞ。最後にもう一度、明日の引継ぎのために、各班の進捗状況を確認する。伊麺《イーミィエン》、君の班は問題ないな？」

高仕徳《ガオ・シードー》はホワイトボードの前に立ち、進捗状況を確認した。

「はい。大丈夫です」

「大林《タアリン》の班は？　記録はしてあるか？」

「はい。でもいくつか問題があります……」


「夜食だぞ」

話し合いは、その声で遮《さえぎ》られた。劉秉偉《リウ・ビンウェイ》が、頑張っている社員に報いるために、夜食が入った大きなビニール袋を二つ持ってやってきた。

周書逸《ジョウ・シューイー》もそれを一つ取り、高仕徳《ガオ・シードー》のそばへ歩いていった。

「食べよう。今日はまだ何も食べていないだろ」

「先に食べて」

「おい！　いつも俺が時間通りに食べるか気にしているのに、どうして自分のことになると、そんないい加減になるんだ？」

「まだ全然お腹が空いていない」

「じゃー」

周りを見て、誰も見ていないことを確認してから、周書逸《ジョウ・シューイー》は声を潜《ひそ》めて言った。

「食べさせようか？」

「バカ」

その挑発的な提案に、思わず高仕徳《ガオ・シードー》は口角を上げた。恋人が、自分の緊張をほぐそうとしていることがわかった。

「バカなことされたくなかったら、おとなしく食べるんだな」

「かしこまりました。周《ジョウ》副社長」

二人は目を合わせると、甘い笑みを浮かべた。どんな困難に直面しても、お互いがそばにいれば幸せなのだ。


夜のオフィスは、眠そうな社員でいっぱいだった。会社の看板がなければ、ゾンビ映画の撮影現場かと思われるほどだった。

「本社では何とか対応しているが、まだ何人かの役員が華磬科技《ホアチンテクノロジー》に目を光らせている」

一晩経った後、周書逸《ジョウ・シューイー》は社長室のリクライニングチェアに横たわり、石哲宇《シー・ジョーユー》からの報告を聞きながら、腕を首の後ろで組んで冷たく言い放った。

「そいつらが担当している会社にトラブルを起こさせて、注意をそらせろ」

たとえ相手が親戚《しんせき》であっても、守りたい人に手を出させはしない。


その日の夜、エンジニアたちと一緒に一日の作業を終えた高仕徳《ガオ・シードー》は、まだ社内に残っている社員一人ひとりに帰るよう説得した。

「今日はここまでだ。帰って休め」

目の下のクマが鼻にまで広がっている山治《シャンジー》は、首を横に振った。

「大丈夫、もう少し頑張れますよ」

「残業続きだ。ちゃんと休め。あとは俺に任せろ」

「わかりました。それでは、お先に失礼します」

そうやって、社員たちは一人ずつ帰っていき、明かりがついているのは社長室だけとなった。

高仕徳《ガオ・シードー》は部屋の隅にあるキャビネットから茶封筒を取り出し、自分のビジネスバッグに入れた。

すると、すりガラスのドアが、そっと開けられた。

「なぜこんなに早く戻ってきたんだ？　会食は順調に？」

役員たちと食事をしているはずなのに、途中で切り上げてしまった周書逸《ジョウ・シューイー》を見て、心配そうに尋ねた。

周書逸《ジョウ・シューイー》は疲れた顔でリクライニングチェアに身を投げ出し、ため息をついた。

「ごちそういっぱい、腹いっぱいさ。連中を見ていると、食欲も失《う》せる。来年の役員選挙まで、この宴会はまだまだ続く」

「それは大変だったな。俺に寄り掛かる方が快適だぞ。会食であまり食べられないなら、夜食を用意しておくよ」

恋人の隣に座り、惜しみなく肩を貸して優しく語りかけた。

周書逸《ジョウ・シューイー》は遠慮なく相手の肩に体を預け、ネクタイを緩めると大きく息を吐いた。

「絶対に誠逸《チョンイー》グループの社長にならなければ。父さんのためだけじゃなく、自分のためにも」

「わかってる。子どもの頃から、後継者になる能力があることを証明するために、一位を目指して頑張ってきた」

「それは、お前に阻《はば》まれたけどな」

高仕徳《ガオ・シードー》は笑いながら、自分の計画を口にした。

「けれども、一位の部下が持てるぞ。跡を継いだら、俺は……」

彼の計画は、恋人の最強の補佐となり、恋人の夢を実現させることだった。

しかし、それを聞いた周書逸《ジョウ・シューイー》はリクライニングチェアから立ち上がり、顔をしかめた。

「お前を縛りたくない。自分の好きなようにしろ」

「俺がしたいのは、君のそばにいることだ。どんなに君が出世しようとも、俺はそばにいる」

高仕徳《ガオ・シードー》も立ち上がると、恋人のそばに行き、顔を相手の首筋に寄せてそう言った。

「それに反対する気はないが……そんなに近くにいる必要ある？」

首筋にかかった熱い吐息で、周書逸《ジョウ・シューイー》は恥ずかしさから顔が赤くなった。

「人」という文字は二人の人間が支え合っている、とネットに出ていたのを思い浮かべた。だから、誰もが他人の力を借りてこそ強くなり、これからの難しい局面に立ち向かっていくことができるのだ。

「あるだろ？　一人で抱え込まないで。忘れるな。俺がついてる」

「ああ」

優しいキスが相手の唇に落ちた。

高仕徳《ガオ・シードー》は周書逸《ジョウ・シューイー》の支えであり、周書逸《ジョウ・シューイー》も高仕徳《ガオ・シードー》の支えだ。幸運なことに、彼らは互いに最高の同志を見つけたのだ。

困難な仕事であろうと、そしてどんな苦労があったとしても、二人一緒にいれば、きっと乗り越えられる。

＊　　　＊　　　＊

翌日

ようやく最後のプログラムの修復を終えた時、周書逸《ジョウ・シューイー》はすでにソファーで眠りに落ちていた。

靴を脱いでソファーに横たわっている男は、高仕徳《ガオ・シードー》のスーツの上着に包まれ、前足を引っ込めた子猫のようだった。その姿は、高仕徳《ガオ・シードー》の心をふわふわとした甘いマシュマロのような気分にさせた。

眠っているのを起こすのは忍びなかったので、そっと抱き上げて車に乗せ、彼の家まで連れ帰った。そして、おんぶしたままドアを開けて家の中に入った。

全てが、キャンディのように甘美な時間だった。

しかし、ドアを開けた途端、周書逸《ジョウ・シューイー》の父親の声が聞こえた。

「書逸《シューイー》！　お帰り！」

父親は、大事な息子を迎えようと、興奮して声を上げたが、あの厄介な男に連れられて帰ってきたのを目の当たりにした。

「……」

高仕徳《ガオ・シードー》もここで会うとは思いもよらず、気まずさで目をそらした。

父親は怒りで、持っていた揚げパンを二つに割ったが、息子が疲れて何の反応もしないのを見ると、とりあえず休戦するしかなかった。そして、相手から息子の靴を受け取り、その厄介な男に大切な息子を二階の部屋まで連れていかせたのだった。高仕徳《ガオ・シードー》は恋人を慎重にベッドに寝かせて毛布を掛け、自分のしわくちゃな服に目が行くと、年長者と交渉する前に、戦いの準備をすることにした。

彼はバスルームに入り、蛇口をひねってシャワーを浴びてから、きちんとした服を着た。そして、用意した茶封筒をビジネスバッグから取り出し、階段を下りて、食卓に座っている恋人の父親のところに向かうと、深々とお辞儀をした。


「申し訳ありません。約束より早く書逸《シューイー》と再会しました」

そして茶封筒を開けて、テーブルの上に中の書類を一つずつ広げた。

「これらは、私がアメリカで起こした会社の詳細と所有不動産、その他の財産、通帳、あと遺言書です。これで、法定相続分以外は書逸《シューイー》に引き渡されます。求めるレベルに達していないことは私もわかっていますが、これが私の全部です」

「ゴホン、ゴホン、ゴホン――」

相続分という言葉を聞いた周書逸《ジョウ・シューイー》の父親は、口に入れたばかりの豆乳でむせてしまった。

「息子をこれで娶《めと》るつもりか？」

「いえ、嫁入り道具と考えていただいても構いません」

「うちへ入れるわけないだろ」

「それなら書逸《シューイー》にうちへ来てもらいます。私の両親は歓迎しますから」

高仕徳《ガオ・シードー》は椅子を引いて父親の前に座った。昔のような罪悪感はなく、自信と決意に満ちた本来の姿でそう言った。

「クソガキ」

父親はティッシュで指についた油を拭《ふ》きながら、日本語で小さく罵《ののし》った。

「書逸《シューイー》を困らせたくなかったので、前は引きました。でもそれが逆に彼を傷つけることになるとは、思いもよりませんでした。だから今度は二人であなたに立ち向かいます。独り善がりの考えで、愛する人を傷つけないようにするために」

「お前がか？」

グループの社長である男は、まるで相手の言葉に含まれている脅威を理解していないような素振りで、目の前の若者を嘲笑《ちょうしょう》した。

「おじさん。おじさんの方がもっと心配ですよ。このままあなたが書逸《シューイー》と対立すれば、書逸《シューイー》はおそらくあなたのことを憎むでしょう」

「私を脅すのか?」

「脅しているのではなく、事実を分析したに過ぎません。メールのことはまだあなたに言ってませんけど」

五年の契約をさせられただけではなく、書逸《シューイー》と送り合ったメールを受け取れないように妨害され、そしてそれが一連の誤解を招いた。

恋人というものが、一番火を焚《た》きつけやすい存在と言われるが、もし高仕徳《ガオ・シードー》が騒ぎを起こそうと思えば、「子猫」が「親猫」の心に爪痕を残すのも不可能ではない。

「この親不孝者め!」

露骨な脅しに、息子を溺愛《できあい》している「親猫」は即座に爆発してしまった。

高仕徳《ガオ・シードー》は口角を上げると、相手の言葉に便乗し、わざと相手が認めたくない呼び方で呼びかけた。

「私が息子であることを認めました? お父さん」

「誰がお父さんと言っていいと言った?」

父親は怒りのあまり、テーブルを叩くと悪態をついた。立ち上がって高仕徳《ガオ・シードー》の顔を指差し、脅しであるが譲歩でもある言葉を吐いた。

「華磬《ホアチン》に何が起きたかを知らないとでも思っているのか。解決しないなら、書逸《シューイー》には指一本触れさせない」

「ありがとうございます。決して失望させません」

高仕徳《ガオ・シードー》は再び頭を下げ、自分を受け入れてくれた「父親」にお礼を言った。それから、父親が大切な息子を喜ばせるために持ってきた揚げパンを取り、こう言った。

「いただきます。書逸《シューイー》の好物ですから」

「お前！」

周書逸《ジョウ・シューイー》の父親は怒鳴りつけたいところだったが、寝ている息子を起こすのを恐れて怒りを堪《こら》え、自分が買ってきた揚げパンを奪い取って二階に行く憎き男を、ただじっと見ていた。

＊　　＊　　＊

数日後

「昼夜を問わず残業してくれたみんなに感謝する。最も困難なプログラムの統合を含め、アルファは最終的に予定通り完成した。俺たちは最高だ」

「イエーイ！」

華磬《ホアチン》のオフィス内に、歓声が上がった。

「報奨金は来月の給与と一緒に振り込む。華磬《ホアチン》を救ってくれたみんなに感謝する」

高仕徳《ガオ・シードー》の言葉に続いて、周書逸《ジョウ・シューイー》も社員たちの前に歩み出て、この数日間懸命に頑張ってきた仲間に向かい、深々とお辞儀をした。当初、誠逸《チョンイー》グループの代表に敵意を持っていた社員たちも、今回の事件を通して偏見を捨て、熱い拍手を送った。

「お祝いだ。昼食をおごる」

「やった！　大判振る舞いだ！」

「社長、ありがとう！」

「社長最高！」

そこで一行は、会社近くのレストランでお祝いの昼食をごちそうする、という社長にくっついていった。

ただ一人だけが、みんなに気付かれずに会社に戻り、社長室に入った。パソコンにＵＳＢメモリーを差し、ホストコンピュータに保存されているデータをダウンロードしようとした。

「ダウンロード中か？」

すりガラスのドアが開かれ、高仕徳《ガオ・シードー》が重い表情で社長室に入ってきた。そして、このアルファ盗難事件のスパイである大林《タアリン》を見つめた。

「社長？」

USBメモリーを握りしめる大林《タアリン》の指は、抑えきれないほど震えていたが、顔はまだ何も知らないふりをし、笑顔でごまかそうとしていた。

「ただやり残したことがあるのを突然思い出したので、パソコンを借りようと思ったんです。ダウンロードとかではありません」

しかし高仕徳《ガオ・シードー》は、ドアの前に立って鋭い目で彼女を見つめた。

「賢いやり方だ。Dridex のトロイの木馬を使って、Windows のオペレーティングシステムに侵入した。山治《シャンジー》が妻と旅行に行く予定を知り、Dridex を Word や Excel に偽装して、メールで彼に送った。

旅行会社からの宣伝だと思った彼が、添付ファイルの Word や Excel を開くと、パソコンにトロイの木馬が埋め込まれ、ハッキングに成功。そこで君は彼のパソコンを介して、リモート操作でアルファを盗んだ」

大林《タアリン》は笑顔を見せながら、高仕徳《ガオ・シードー》に反論した。

「私自身もアルファ開発チームの一員なのに、なぜそんなことをするのでしょうか？　社長もここ数日見てましたよね。私はプログラムを修復するために、毎日会社で寝ていました。本当にデータを盗みたかったのなら、あんなに頑張る必要なかったんじゃないですか？」

高仕徳《ガオ・シードー》は大林《タアリン》の目を見て、彼女の嘘を暴いた。

「まだパズルのピースが少し足りないのでは？　そのピースは、俺が一人で責任を持って直す部分だからな」

技術系企業では、重要なプログラムは流出を防ぐために、一人のエンジニアで完成することはない。また、そうできないようになっている。アルファも同じで、メンバー各自が特定のパートを担当する。ジグソーパズルを別々の手で完成させるようなものだ。グループリーダーである大林《タアリン》でも「普通」の状態では他人のピースを手に入れることはできない。

そこで彼女は、「普通」を突破し、他人がピースを渡さざるを得ないような「事件」を起こす必要があった。

「1976年に起きた、ソシエテ・ジェネラル銀行強盗事件を知ってる？」

「……」

大林《タアリン》は、なぜ社長が銀行強盗の話をするのか理解できず、呆然となった。しかし、社長の話を聞くと、罪悪感が襲ってきた。それは、その方法が、まさしく彼女がアルファを盗んだ方法だったから。

　１９７６年、ソシエテ・ジェネラル銀行に泥棒が入った。その首謀者は、１９７２年に出版されたロバート・ポロックの小説『LOOPHOLE or How To Rob a Bank』に描かれたように、下水道に侵入し、銀行の内部に入ったのだった。

　犯人は、七月十四日がフランスの建国記念日であり、各地で花火を打ち上げて祝うという伝統を利用した。花火の音で金庫の壁を突き破る機械の音を隠し、金庫に保管してあった大量の宝石や貴金属を奪うことに成功したのだ。

「アルファが盗まれたというのは、あなたが意図的に打ち上げた花火であり、みんなが慌てて修復しているその過程で、同僚の手助けをしながら他人のピースを手に入れた。けれども残念なことに、完全なアルファを手に入れるには、最後のピースが必要だった。しかし、俺は社長室のパソコンしか使わないので、俺のピースを手に入れるためには、誰もいない時に社長室に入り、直接データをダウンロードするというリスクを、冒さなければならない」

「失礼します」

　社長室の外から、聞き慣れない声が聞こえてきた。制服姿の警察官たちが社長室に入り、大林《タアリン》に手錠を掛けた。

　高仕徳《ガオ・シードー》は大林《タアリン》の顔を見て、冷静に尋ねた。

「ここまでやる価値があったか？」

手錠を掛けられた女性はそれ以上口を開かず、黙って警察官に従い、警察署での取り調べに向かった。

他の社員たちは、お祝いの昼食会から戻った後、社長から事件の真相を聞いた。

「大林《タアリン》だったなんて」

大林《タアリン》が連れ去られて空いてしまった席を見つめながら、小陸《シャオルウ》は呆《あき》れたような表情で、そうつぶやいた。

「社長、みんな、すみませんでした。自分のパソコンがハッキングされたことに気付けないなんて、信じられない気分です」

パソコンにトロイの木馬、Dridexを埋め込まれた山治《シャンジー》は悔しそうに謝った。

「人員削減を中止したのに、なぜ彼女は盗んだのだろう？」

社員たちと一緒に会社に戻ってきた石哲宇《シー・ジョーユー》は、信じられないといった表情で、傍《かたわ》らの周書逸《ジョウ・シューイー》に尋ねた。

「多分、誰かが高値で彼女を買収したんだろう」

周書逸《ジョウ・シューイー》は無表情に答えた。

子どもの頃からこういうシーンを何度も見てきている。だから簡単に他人を信じることができないのだ。

高仕徳《ガオ・シードー》は石哲宇《シー・ジョーユー》に歩み寄り、朝から警察署で対応している劉《リウ》法務担当について尋ねた。

「秉偉《ビンウェイ》は？　まだ余真軒《ユー・ジェンシュエン》を連れ帰ってないのか？」

「誰が説得しても、余真軒《ユー・ジェンシュエン》は帰らないと言っているそうで」

「手を借りるしかない」

苦笑いしながらため息をつくと、スマホを取り出してある人に電話した。

*　　*　　*

警察署

裴守一《ペイ・ショウイー》が警察署に入ると、すぐにベンチに座っている余真軒《ユー・ジェンシュエン》の姿が目に入った。

身動きせずにうずくまっている彼は、まるで捨てられた場所でずっと飼い主を待って震えている、野良犬のようだった。

――「僕は異常じゃない！」

――「ならもう来るな！」


「……」

十二年前と同じ表情の余真軒《ユー・ジェンシュエン》を見ると、心の穴が急に痛み出した。

会っていなかったここ最近、裴守一《ペイ・ショウイー》はよく無意識に周囲を見回した。いつも付きまとっていた人は、店の営業終了時間になっても目にすることがなかった。

この小僧にちゃんと話さなくては。

本当の「裴守一《ペイ・ショウイー》」は、余真軒《ユー・ジェンシュエン》を待たせる価値なんかないのだから。

第六章　隠しきれない心の動揺

十二年前

「失《う》せろ！」

余真軒《ユー・ジェンシュエン》は膝を抱えて運動場脇の木の下に座っていた。自分に向かってくるあの人を見ると、立ち上がって大声を上げたが、相手が本当に立ち去ると、また寂しそうに膝を抱えて地面に座り込んだ。

数分後、さっきのあの人が救急箱を持って戻ってきた。木の横のコンクリートの階段に座ると、救急箱から綿棒と消毒薬を取り出し、否が応でも手で顔を持ち上げて、頬《ほお》の傷に茶色い液体を塗りつけた。

「痛い！」

不満げにその男を睨《にら》みつけたが、抗議の目つきは再び無視されたので、さらに怒鳴った。

「ほっといてくれ！」

「それなら俺の前に現れるな」

その男の無遠慮な反応は、他の人たちとあまりにも違うので、余真軒《ユー・ジェンシュエン》は戸惑いながら大きな目で彼を見つめた。

「名前は？」

「余真軒《ユー・ジェンシュエン》……あんたは？」

「裴守一《ペイ・ショウイー》」

「裴守一《ペイ・ショウイー》」

余真軒《ユー・ジェンシュエン》は力強くうなずいた。

覚えた。この変な男の名前は裴守一《ペイ・ショウイー》だということを。

少年の真剣な反応を見ると、裴守一《ペイ・ショウイー》は思わず言葉を継いだ。

「ちなみに俺はこの学校の校医なので、今後、学校で会ったら先生とか校医と呼んでくれ」

「裴守一《ペイ・ショウイー》」

少年は首を横に振った。

嫌だ。この三文字は、先生よりずっと響きがいい。

学校の先生たちは、みんな自分のことを同情的な目で見ていたし、学務課や警察署に頻繁《ひんぱん》に出入りすることで厄介者扱いして、嫌な顔をするのだった。

だから先生が嫌いだ。先生なんて呼ぶわけがない。

「勝手にしろ」

もしこのガキが、高仕徳《ガオ・シードー》とほぼ同じ年頃じゃなくて、これから勤める高校の制服を着ていなければ、こんなお節介はしなかっただろう。

余真軒《ユー・ジェンシュエン》は、動物のように警戒心を抱いた目つきをしていたが、次第に相手を受け入れられるような気がしてきた。こんなにも近い距離で自分に接し、傷口に絆創膏《ばんそうこう》を貼ってくれている。

自分が噛《か》みついた相手の右腕に視線を落とすと、裴守一《ペイ・ショウイー》の目を見て、後ろめたそうに尋ねた。

「腕が……」

「気にするな」

絆創膏を顔の左側の傷に注意深く貼ると、少年の顎《あご》を持ち上げて口角の傷に薬を塗った。

しかし、少年の澄んだ瞳を見ると、彼は思わず手の動きを止めた……。

＊　＊　＊

その十二年後　警察署

「犯人は見つかった。なぜ帰らない？」

従弟《いとこ》からの助けを求める電話に出た後、開店準備中のレストランから一旦離れ、バイクで警察署に向かった。裴守一《ペイ・ショウイー》は、隅にうずくまっている余真軒《ユー・ジェンシュエン》を見た途端、最初に出会った時のシーンが脳裏に浮かんだ。

「『もう来るな！』って言ったよね。僕に構うな」

「帰らないのか？」

「帰らない！」

「居座る気か？」

「行かない。僕はここに残る」

「余真軒《ユー・ジェンシュエン》！」

どちらも譲る気がない頑固な二人を見て、隣に立っていた劉秉偉《リウ・ビンウェイ》は、その場を和らげようと口を出した。

「二人でよく話し合って」

「黙れ！」

「黙れ！」

二人に、同時に振り返って怒鳴りつけられた可哀想な劉秉偉《リウ・ビンウェイ》は、気まずそうに顔を掻きながら身を引いた。

裴守一《ベイ・ショウイー》は振り向くと、若い警官に丁寧に頼んだ。

「手錠を外してください」

「はい」

この数日間ずっと悩まされてきた警官は、神様が祝福してくれて、ようやくこのトラブルメーカーを引き取ってくれるのだと思い、うれしそうに笑った。

そして、衝動的な自傷行為を防ぐために、再び掛けていた手錠を外した。しかし余真軒《ユー・ジェンシュエン》は、そこだけが安心できる場所でもあるかのように、ベンチに座ったまま膝を抱えて丸まっているのだった。

でもせっかちな裴守一《ベイ・ショウイー》は、今度は説得しようともせずに、余真軒《ユー・ジェンシュエン》の手を取って自分の方へ引き寄せ、サンドバッグのように警察署から運び出し、バイクの後部座席に放り込んだ。そして余真軒《ユー・ジェンシュエン》の頭に予備のヘルメットをかぶせると、自分もヘルメットをかぶり、警察署の外に停めてあったバイクのエンジンをかけ、走り去った。

一方、高仕徳《ガオ・シードー》も劉秉偉《リウ・ビンウェイ》からの電話で、先程起きたことを知った。

「秉偉《ビンウェイ》ありがとう。お疲れ様」

――「いやいや。でも君が頼んだあの人は相当腕があるな。この数日、余真軒《ユー・ジェンシュエン》は誰も近寄らせず、近寄ると噛みつくのに、あの人が来たら、意外なことに彼は全く反抗せずにおとなしく担《かつ》がれていったよ」

「石哲宇《シー・ジョーユー》に東へ行けって言われたら、西へ行く？」

――「なるほど」

シンプルでわかりやすい説明に、電話の向こうの法務長は思わず笑ってしまった。馬とニンジンのような関係だけではなく、飼い主と野良犬という関係もありなのだ。


「余真軒《ユー・ジェンシュエン》はどうなった？」

通話が終わると、周書逸《ジョウ・シューイー》はテーブルから水の入ったグラスを取り上げ、恋人に渡した。

「裴守一《ペイ・ショウイー》が、とっ捕まえて連れ去ったらしい」

高仕徳《ガオ・シードー》はソファーに座ると、思わずため息をついた。

「二人で話し合ういい機会だ」

「裴守一《ペイ・ショウイー》は情緒障害なんだろ。話し合いになるのか？」

周書逸《ジョウ・シューイー》もソファーに座った。

「さあな。二人とも問題ありだ。でも誰かが助けられるってわけでもないし。俺たちは……今すべきことをしよう」

そう言うと、グラスをソファーの横のローテーブルに置いた。周書逸《ジョウ・シューイー》のそばにあったグレーのクッションを取り、それを恋人の膝の上に置いて、そこに横向きに寝転がった。

「今やるべきことっていうのは、こういうこと？」

周書逸《ジョウ・シューイー》は口を尖《とが》らせると、指で相手の頭を軽くつついた。

「眠いなら、寝室で寝ろ」

「いいだろ。残業続きで寝不足なんだ。それに、夜は『君と一緒』なもんで、体力使い過ぎているから」

そのわざとらしい曖昧《あいまい》な言い方に、周書逸《ジョウ・シューイー》は恥ずかしそうに高仕徳《ガオ・シードー》の額を叩いた。

「まるでガキだ。早く起きろ」

「イテッ。気絶しちゃって、もう起きられない」

それを機に高仕徳《ガオ・シードー》は体の向きを変えて一番楽な姿勢を取り、恋人の膝に仰向けになった。

周書逸《ジョウ・シューイー》は駄々をこねる恋人を見下ろし、苦笑いした。

「まったく――」

そう言いながらも、手を相手の胸に当て、優しく叩いた。そして、恋人がよく眠れるように、疲れている彼のまぶたにそっと手を置き、日差しを遮《さえぎ》った。それからもう片方の手でそばにあった雑誌をめくった。高仕徳《ガオ・シードー》の呼吸が深くなり、深い眠りに落ちるまでそうしていた。

＊　＊　＊

「浴びてきた」

白い服に着替え、バスタオルを羽織った余真軒《ユー・ジェンシュエン》は、濡れた髪のまま店の外に出てきた。

裴守一《ペイ・ショウイー》は、屋外ダイニングエリアのテーブルと椅子を並べ、夜の開店準備をしているところだった。余真軒《ユー・ジェンシュエン》がきれいな服に着替えたのを見ると、椅子を階段の前まで引いてきて、言った。

「来い」

「うん」

「座れ」

「うん」

一つの指示に一つの行動。偶然にも野良犬に餌《えさ》をやってしまい、それ以来、飼い主として認識されたような気がする。

　救急箱を開けると、中から消毒液と綿棒を取り出した。二人の関係は、救急箱と切り離せないようだった。

「高校の時言ったと思うが、お前が目の前で死んでも、俺は何も感じない。それはお前に問題があるんじゃなくて、俺にあるんだ」

　瓶のキャップを回すと、綿棒に茶色の液体を垂らし、手錠で擦り傷になっている余真軒《ユー・ジェンシュエン》の手首にそっと塗った。

「アフェクティブ・ディスオーダー、情緒障害というのが俺の病気の名前だ。だから俺は、喜怒哀楽全ての感情に反応する能力が欠けている。人と心を交わせられない。どんな感情や感覚も俺にとっては単なる名詞であって、決して感じることができない」

「ウソつき。この間笑ってるのを見た。マザコンと……」

　そう言いかけて話を止めると、余真軒《ユー・ジェンシュエン》は相手の顔を見て、

「高仕徳《ガオ・シードー》と電話中に、笑っていたじゃないか」と、言い返した。

　あの時の笑顔が、彼にはうらやましかった。

　自分には決して得られないものであり、そしてとても欲しいものだったから。

　しかし、裴守一《ペイ・ショウイー》は頭を下げたまま、薬を塗り続けた。

「人の言動を観察することでそれなりの行動を取れる。だけど、笑っているからといって楽しいわけじゃない。怒っていても、俺が怒ってるっていうことではない。ただの人付き合いに必要なスキルだ。

お前は、俺を探して十二年の歳月を過ごした。お前からすれば、その十二年には多くの思いや感情、犠牲、苦しみ、不安が詰まっていたかもしれない。だから普通の人なら驚き、感動し、その思いに応えるのかもしれない。

だが俺には、ただの十二年間だ。十二年かけて誰かを探すのがどういうことか、理解できない。俺に気持ちをぶつけるなんて、海に石を投げても返事が来ないようなものだ」

「そんなことない」

余真軒《ユー・ジェンシュエン》は激しく首を振って、裴守一《ペイ・ショウイー》の言葉を否定した。

海に投げ込まれた瓶に入った手紙は、どんなに長く漂っていても、必ず岸に戻り、運命の人に拾われる。

映画の中ではいつもそうだろう？

だから、応えてもらえないはずがない。

もう少し自分が頑張れば、そうやって頑張っている限り、いつか自分が一番好きな人も自分のことを好きになる日がきっと来る。

「もう十二年費やそうと、結果は同じだ」

裴守一《ペイ・ショウイー》は手を引っ込めると、消毒液と未使用の綿棒を救急箱に戻した。蓋《ふた》を閉めて立ち上がり、レストランの前の川岸を眺めながら、脈打つ胸を手で押さえ、淡々とした口調で言った。

「俺の心は空っぽさ。何もないんだ。ここには何も入れられない」

「でも……」

胸に手を当てている姿を見た余真軒《ユー・ジェンシュエン》は、目が一瞬で真っ赤になった。ふと、希望が現れたかのようにさっきのことを思い出した。

「昔は、面倒なことが一番嫌いだったのに、僕だけ面倒を見てくれて、クラスメイトたちもとても優しいって言ってた。さっきも警察署まで迎えに来てくれた。僕を心配しているっていうことじゃないの？　裴守一《ペイ・ショウイー》、僕のことを気にしているっていうことに、気付いていないだけなんじゃないの……」

最後は、感情が高ぶって声が出ず、言いたいことを言うために、力を振り絞らなければならなかった。

「警察に行ったのは、高仕徳《ガオ・シードー》に頼まれたからだ」

「……」

最後の希望を打ち砕く一言だった。

頭を下げた余真軒《ユー・ジェンシュエン》は、肩に掛けていたタオルをテーブルに静かに置くと、震えながら手を伸ばし、裴守一《ペイ・ショウイー》の胸に押し当て、塩辛い涙を飲み込んで懇願《こんがん》した。

「少しだけでもだめなの？　そんなにたくさんじゃなくていい。少しだけ好きになってくれればいいんだ」

裴守一《ペイ・ショウイー》は余真軒《ユー・ジェンシュエン》の手の甲に自分の手を置くと、彼の手を胸から振り払い、こう答えた。

「俺のために時間を無駄に使うな。そんな値打ちはない」

「僕は平気だ。時間はいっぱいある。僕は待てるから。裴守一《ペイ・ショウイー》、僕は本当に待てるから」

相手の袖をつかんでもう一度懇願したが、今度は激しく振り払われ、目もくれなかった。

口を閉ざした男は救急箱を手に取り、店の中に入っていった。ガラス戸を閉め、二人の世界を隔てた……。

二人の関係はこれで終わってしまうのだろうか？

どんなに追いかけても、無関心と嫌悪感しか得られないのだろうか？

＊　＊　＊

周書逸《ジョウ・シューイー》の家

いつの間にかソファーで寝落ちしていた周書逸《ジョウ・シューイー》は、突然話し声が聞こえてきて目が覚めた。

「もし助かってなかったら、そんなことまだ言えたかどうか……。一緒に住み始めたよ。そっちはどう？　いずれ華磬《ホアチン》が吸収されたら誠逸《チョンイー》グループに入り、あいつの特別補佐になる」

目を開け、キッチンからの声に耳を傾けた。高仕徳《ガオ・シードー》が誰と話しているのかわからないが、優しい口調だった。そこで立ち上がると、忍び足でリビングを通り抜け、キッチンに入って後ろから高仕徳《ガオ・シードー》に抱きついた。

「おっと！」

高仕徳《ガオ・シードー》は恋人のいたずらにびっくりしたが、振り返って、

「目覚めたのか？」と、溺愛《できあい》の笑顔を浮かべた。

これが自分の知っている周書逸《ジョウ・シューイー》だ。自分に対してだけいたずらっ子のように振る舞う周書逸《ジョウ・シューイー》。

「ああ、覚めた」

戻ってきたのだ、やっと自分のそばに戻ってきた。

高仕徳《ガオ・シードー》が左耳につけていたワイヤレスイヤホンをふざけて外し、耳に口を押し当ててこう

言った。

「特別補佐なんかにするもんか。するなら技術部門のトップだ」

高仕徳《ガオ・シードー》は微笑みながら自分の考えを口にした。

「技術部門のトップだと、いつも君のそばにいられない。特別補佐ならいられる」

恋人の首の後ろにキスをすると、近くから誰かの声が聞こえてきた……。

——「二人の仲むつまじい姿を見て、安心したわ」

その声に驚いた周書逸《ジョウ・シューイー》は、すぐに高仕徳《ガオ・シードー》の背中から離れた。周りを見回すと、調理台に置いてあるビデオ通話中のスマホを見つけた。

「こんにちは、おばさん」

画面の向こうの高仕徳《ガオ・シードー》の母親に丁寧に挨拶し、くすくす笑っている高仕徳《ガオ・シードー》に声を落として抗議した。

「電話だと思ったのに、ビデオ通話だったのかよ」

——「書逸《シューイー》ちゃん、久しぶりね。変わりない？」

「はい。元気です」

——「許してね。あの時、妊娠してることを知らなかったの。飛行機を降りてすぐに入院したけど、それから流産しそうになって。会社では別の事件が起きて。だからそれを処理してもらうのに仕徳《シードー》に頼るしかなくて。そのせいで誤解を招くことになっちゃって。本当にごめんなさい」

周書逸《ジョウ・シューイー》は首を横に振った。恋人がすでに説明したことであり、全ての誤解は解けていた。二人は今とても幸せなのだ。

「おばさん、一番大事なのは、おばさんと弟君が元気で健康なことです」

――「でもまだ引っかかってるでしょ？」

「そんなことないです」

――「だったらなんで、おばさんと呼ぶの？　お義母《かあ》さんと呼んでちょうだい」

「お義母さん？」

周書逸《ジョウ・シューイー》は瞬時に固まってしまい、無意識のうちにその言葉を繰り返していた。それを聞いた高仕徳《ガオ・シードー》の母親は、画面の向こうでうれしそうに笑った。

――「はい、そうです。待って、ブランドンとアシュリーを紹介するわね……」

高仕徳《ガオ・シードー》の母親はスマホを手に取り、サンダルを履いて庭で花を植えている家族のところへ歩いていった。一瞬画面が揺れた後、見慣れない二人の顔が映し出された。

周書逸《ジョウ・シューイー》は、画面に映し出されている二人を見た。髭《ひげ》を生やした中年男性は言うまでもなく義母の再婚相手だが、隣の女の子は――。

「……」

「どうした？」

周書逸《ジョウ・シューイー》が驚いた顔をしているのを見て、高仕徳《ガオ・シードー》は首をかしげて尋ねた。

周書逸《ジョウ・シューイー》は気まずそうな顔で、挨拶している少女に手を振りながら、自分たちにしか聞こえない声で言った。

「アメリカにお前を探しに行った時に見たのは、彼女……」

「アメリカ人の女の子？」

「ああ」

パズルの最後のピースがようやくはまった。義理の妹アシュリーを誤解したのが、始まりだったのだ。

高仕徳《ガオ・シードー》は微笑みながら、いたずらっぽく聞いた。

「これで許してもらえるかな？　『アメリカ人の女の子』と一緒にいたこと」

「高仕徳《ガオ・シードー》……」

周書逸《ジョウ・シューイー》は目を伏せ、声を落として、罪悪感を抱きながら相手の名を呼んだ。

自分が見た女の子は、義母《かあ》さんの再婚相手の娘で、高仕徳《ガオ・シードー》の義妹だったのだ。渡米してから恋に落ちた相手だと、誤解してしまった。

「ごめん。俺……」

下唇を噛んだ。説明する必要はないと言ったものの、もしあの時、勇気を出して問いただしていたら、その後のことは何もなかっただろう。五年間離れ離れになったまま、互いに苦しむことも。

「シーッ！」

高仕徳《ガオ・シードー》は指を恋人の唇に当て、首を振った。

「もう終わったことだし、俺に謝る必要は一切ない」

それが間違いだったと言うなら、自分も同じだ。

負けず嫌いの顔を捨てて、劉秉偉《リウ・ビンウェイ》や石哲宇《シー・ジョーユー》に聞くとか、周書逸《ジョウ・シューイー》の父親の五年契約を断って周書逸《ジョウ・シューイー》に直接説明していれば、何も起こらなかった。

強い一方で臆病だったのだ。劉秉偉《リウ・ビンウェイ》が話していた刑法の「累積的因果関係」のように、死に至るほどではない毒であっても、少しずつ累積すると、取り返しのつかない結果になってしまう。

幸いなことに、二人は再び互いを見つけ、愛し合う幸せを取り戻した。

顔を見合わせると、お互いの目に安堵《あんど》の色が浮かんでいた。

――「書逸《シューイー》、今度台湾に行く時は、一緒に遊んでくれない?」

ビデオ通話の画面から、アシュリーがうれしそうに周書逸《ジョウ・シューイー》に尋ねた。尋ねられた方も笑顔でうなずき、彼女のリクエストに答えた。

「もちろんさ」

高仕徳《ガオ・シードー》は恋人の耳元に近づき、カメラに映らないところで右手首のブレスレットを触りながら、囁《ささや》いた。

「これからはどんなに俺に腹を立てても、ブレスレットは絶対に外すなよ。ブレスレットを外している君を見るのがどれだけつらいか、知らないだろ!」

「ブレスレット一本で、一生俺を縛れると思っているのか?」

そう言い返された男は目を細めると、声を潜《ひそ》めて話すのをやめた。そして画面越しに、母親と義父、義妹の前で大きな声で独占的権利を宣言した。

「周書逸《ジョウ・シューイー》、今夜は寝かせないよ」

「何を言ってる! みんながいる前で」

顔を真っ赤にした周書逸《ジョウ・シューイー》は、カメラに映らないところで、仕返しとして遠慮なく拳で高仕徳《ガオ・シードー》の腹を殴った。

けれども、殴られた方は楽しそうに笑うばかりだった。

二人の関係が戻った後の周書逸《ジョウ・シューイー》のキスが、以前よりも激しく、独占欲があらわになっているのもうなずけた。アメリカでアシュリーが自分の口を拭《ふ》いたのを見たのだろう。

幸いにも、二人は遠回りした後、再び抱き合い、二度と離さないと決めたのだ。

その夜、周書逸《ジョウ・シューイー》は父親に電話をかけた……。

「父さん、週末、時間ある？　仕徳《シードー》が手料理を振る舞うって言ってるから……」

スマホを持っている手がわずかに震えていた。あの喧嘩《けんか》以来、長い間冷戦状態で、顔を合わせて話すどころか、二人で食事さえしたことがなかった。

どうやって会話を続ければいいのかわからなくなった時、たくましい腕が彼の脇を通り抜け、そっと胸を抱いた。

高仕徳《ガオ・シードー》は後ろから恋人を抱きしめ、揺るぎない思いで周書逸《ジョウ・シューイー》をサポートした。

――「……書逸《シューイー》、お前は幸せか？」

数秒沈黙した後、電話の向こうからかすれた声が尋ねてきた。

「とても幸せだよ」

周書逸《ジョウ・シューイー》はリラックスして相手の胸に体を預け、微笑みながら答えた。

――「それならいいや」

電話の向こうで、周書逸《ジョウ・シューイー》の父親も笑顔で満足そうに言った。

子どもが幸せなら、父親も幸せなのだ。

――「アイツに伝えて。俺を招待してくれるのはいいけど、チャーハンにニンジンを入れるのは禁止だ」

同じく偏食な父親は、最後に自分の食の好き嫌いを伝えることも、忘れてはいなかった。

「プッ、わかった。必ず伝えるよ」

周書逸《ジョウ・シューイー》は思わず声を上げて笑ってしまった。通話が終わると、苦笑いする恋人に堂々と命令した。

「聞こえただろ。父さんもチャーハンにニンジンは禁止って」

「かしこまりました。お義父《とう》さん」

仕方ない。恋人の父親を喜ばせるためには、ニンジン抜きのチャーハンはもちろんのこと、三日三晩かかる高級料理を作れと言われても、作るしかないのだ。

周書逸《ジョウ・シューイー》は、まるで偏食の言い訳を見つけたように目を輝かせた。

「じゃあ俺のチャーハンも――」

高仕徳《ガオ・シードー》は恋人の胸から両腕を引っ込めると、首を振って答えた。

「断る。お義父《とう》さんは、君に偏食してほしくないと思っているはずだから」

「なんで父さんはよくて、俺はダメなんだよ」

「ダメなものはダメ。さあ、もう遅いよ。一緒に寝よう」

そう言うと、身長のアドバンテージを利用し、周書逸《ジョウ・シューイー》を肩に担いで二階へ続く階段へと向かった。

「下ろせ！」

「言っただろ。今夜は寝かせないって」

「高仕徳《ガオ・シードー》！」

担がれた周書逸《ジョウ・シューイー》は頬を赤らめて口では抗議したが、相手の横暴を止めることなく、こっそりと甘い笑みを浮かべていた。

＊　　＊　　＊

レストランの外

箱を抱えて川岸に立っている余真軒《ユー・ジェンシュエン》は、ライトアップされたレストランを見ていた。そして、中にいる客のにぎやかな声を聞きながら、自分もその中の一員であることを想像した。

幼い頃から、他の子どもたちとは違っていた。

集中力がなく、他の子どもたちと遊べなかった。動きがぎこちなく、話し方が普通の子と違った。キレると自分でもコントロールできず、その怒りの感情を発散するために、暴力や攻撃に訴えてしまうこともあった。

やがて、幼稚園の子どもたちは彼と遊びたがらなくなり、先生たちは彼を変な目で見るようになり、家に帰ると両親が彼のことでよく喧嘩をした。

だんだん、母親が家に帰らなくなり、父親が酒浸りになる時間も長くなった。

祖母だけが数日おきに会いに来て、脂ぎった髪を洗い、きれいな服に着替えさせてくれた。そして、インスタント麺以外の食べ物を食べさせるために連れ出した。

その後、母親が姿を消し、さらにその後には父親の姿も見えなくなった。

祖母だけが涙ながらに、彼を抱きしめてこう言った。

――「ばあちゃんがいるから怖くないよ。決してお前を見捨てたりはしない」

あの日から、彼の世界は自分と祖母だけだった。

高校生の時、チンピラに追いかけられたあの日までは……。

「ばあちゃん、ばあちゃん以外で僕に優しくしてくれるのは、裴守一《ペイ・ショウイー》だけだ。僕のことをうっとうしいと思ってるかもしれないけど」

レストランの外の道で膝を抱えてしゃがみ込み、鼻をかんで涙を堪《こら》えた。

風で体が冷えても、ずっと待っていた。営業終了後に、従業員たちが全員帰ると、目の前のプラスチックの箱を手に取り、一歩一歩、レストランに向かって歩いていった。裴守一《ペイ・ショウイー》もちょうど屋外のダイニングエリアの椅子に座り、タバコに火をつけ、川の対岸の夜景を眺めていた。

「裴守一《ペイ・ショウイー》」

「……」

名前を呼ばれた男は、驚いた顔で階段の下に立っている青年を見た。顔をしかめてタバコを消し、振り返って店の中に足を踏み入れようとした時、再び声をかけられた。

「怒らないでよ。返すものがあるんだ」

余真軒《ユー・ジェンシュエン》は箱を手に持ちながら、緊張した声で言った。

「ずっと考えてた。もし僕が見返りを求めないなら、僕のことを好きになってほしいと求めないなら、僕はずっとそばにいられるんじゃないかって。でもやっぱり、あなたを困らせるべきじゃない、って思い直した。

あなたが言った通り、大人になるべきなんだ。箱の中の物は、十二年間僕を支え続けてくれた物なんだ。自分にとっては、とっても大切な物だよ。覚えてないかもしれないけど、全部あなたの物だ」

足を上げ、一歩踏み出すたびに、過去のことが一つずつ思い出されてしまう。

階段を一段上るたびに、あの人に一歩ずつ近づいていく。

「初めて会った時、肩に掛けてくれた服、ケガした僕の顔に貼ってくれた絆創膏、保健室で投げてきたタオルとスリッパ、翌朝起きた時に用意してくれた歯ブラシと歯磨き粉、それから戸棚に置いてくれた僕が好きなカップ麺……」

一歩近づくごとに、別れの瞬間に……、
一歩ずつ近づいている。

「それから、あなたが書いた『起きたらさっさと帰れ』の付せん、書き方を教えてくれたワークブック、あなたが最後に残してくれた手紙、あなたが持っていくのを忘れたマグカップ……」


十二年前、彼は裴守一《ペイ・ショウイー》に捨てられた。

祖母以外にもう一人がいてくれた世界は、また自分しかいなくなった。

かつて大雨が降った夜、余真軒《ユー・ジェンシュエン》がなぜ彼を保健室に訪ねてきたのかを、裴守一《ペイ・ショウイー》は知らなかった。

　その日、祖母が亡くなったのだ。

　祖母がこっそり買ってくれた新しいスニーカーを履いて、明かりがついている学校へと向かったのだった。

　彼を可愛がってくれた唯一の祖母は、彼をバカと呼ばず、不器用だとも思わず、喧嘩でしばしば警察署に送られる彼を見捨てずにいてくれた、ただ一人の人だった。その祖母は、心筋《しんきん》梗塞《こうそく》で亡くなった。

「ばあちゃんがいるから怖くないよ。決してお前を見捨てたりはしない」そう言ってくれる人は、もうどこにもいない。


「裴守一《ペイ・ショウイー》、いなくなってから、ずっと探してた。毎日この中の物を見て、考えたよ……。もしも、僕がもっと成長して大人になれば、そばにいさせてくれるかな？　って」

　唇が震え、涙が頬を伝った。声を詰まらせながら、十二年間隠し持ってきた言葉を全て口にした。最後の一歩を踏み出し、思い出の詰まった箱を裴守一《ペイ・ショウイー》の前のテーブルに置くと、こう言った。

「これはみんな返す。僕はあなたを手放す前に、自分自身を手放さなければならないと思うんだ。これらは、残したいなら残せばいいし、いらないなら捨てて。

あの時、お節介を焼いて助けたことを後悔してるかもしれないけど、でも僕はとても感謝している。あなたが『痛くないか』と最初に聞いてくれて、あなたのお陰で僕の世界は変わった。よくなったし、暖かくなったし、幸せになった……」

祖母を失っても、自分を理解してくれるもう一人を見つけたと思った。

上位の成績通知書を持って保健室に駆け込み、補習をしてくれた裴守一《ペイ・ショウイー》にお礼を言おうとしたら、戸棚にただ一枚のメモが残されているだけだった。


ガキンチョ、俺はよそへ行く。

お前は俺のそばにいる必要はない。

今こそ成長の時だ！
P.S. 体を大事にしろ。リスカの痕だってわかってるんだからな。
じゃあまたな……。

いや、二度と会わん！

裴守一《ペイ・ショウイー》は無表情に箱を持ち上げると、泣きじゃくっているガキンチョに背を向けた。

「裴守一《ペイ・ショウイー》、最後の言葉だ……」

余真軒《ユー・ジェンシュエン》は、足を止めた男の背中を見て、涙を流しながら、明るい笑顔で言った。

「そばにいてほしい人が見つけられることを願っているよ。幸せになって！」

そして涙を拭《ぬぐ》うと、笑顔で後ろを向いた。

階段を下り、裴守一《ペイ・ショウイー》のいる場所から自分一人の世界に戻るつもりだった。けれども、突然後ろから声が聞こえてきた――。


「余真軒《ユー・ジェンシュエン》」

裴守一《ペイ・ショウイー》は思い出の詰まった箱を地面に置くと、ゆっくりと遠ざかる後ろ姿を見つめた……。

こんな気持ちにさせられた人は、今までいなかった。

余真軒《ユー・ジェンシュエン》が一言話すたびに、自分の心も痛んだ。

知らないうちに、心の穴はすでにこいつに埋められていたのかもしれない。こいつが言ったように……。

――「僕のことを気にしているっていうことに、気付いていないだけなんじゃないの……」

初めて会った時からこいつは、振り払えないトラブルのように自分の世界に入り込んできた。

煩《わずら》わしいのに、なぜか突き放すこともできなかった。

彼の涙を見ると、自分も息ができないほど苦しくなった。その時初めて、すでに彼が心の中でとても大切な場所を占めているのに、自分は何も感じていないと勘違いしていることに気が付いた。

いつも先に顔をそむけて立ち去っていたのは、余真軒《ユー・ジェンシュエン》の背中を見ると胸が痛くなるからだった。

情緒障害であるがゆえに、感情という高い壁によって普通の人々の世界から追い出されていた。けれどもこいつは、気付かないうちに、頑固な愛で周りに立ちはだかる高い壁を少しずつこじ開けた。そして、今まで感じたことのない感情を、小さな穴の隙間《すきま》から少しずつ伝えてくれたのだ。


「余真軒《ユー・ジェンシュエン》！」

思いっきり人の名前を呼ぶのは初めてだった。

失いたくない人の名前を叫んだ。

「約束できるのは、試してみるってことだけだ」

このしつこいガキに近づいてみる。

普通の人間の感情に近づいてみる。

余真軒《ユー・ジェンシュエン》というガキを嫌いにならないようにしてみる。

このガキが自分のそばにいて、それが自分を幸せにしてくれる存在になるよう、やってみる。

余真軒《ユー・ジェンシュエン》は大きく目を見開き、信じられない思いで前を見つめた後、力強くうなずいた。そして振り返ると裴守一《ペイ・ショウイー》の胸に飛び込み、初めて会った時と同じようにぶつかって、決して離れなかった。

――「ほっといてくれ！」
――「それなら俺の前に現れるな」
――「名前は？」
――「余真軒《ユー・ジェンシュエン》……あんたは？」
――「裴守一《ペイ・ショウイー》」
――「裴守一《ペイ・ショウイー》」
覚えたのだ。
この人は裴守一《ペイ・ショウイー》。とってもとっても変な人――、
裴《ペイ》・守《ショウ》・一《イー》。

＊　＊　＊

大学のキャンパス

「著名な卒業生として、母校で講演したお気持ちはいかがですか？」

高仕徳《ガオ・シードー》は、左手を握ってマイクに見立て、記者のようにスピーチを終えた人にインタビューした。

「最高！」

両手を挙げて大通りで叫ぶと、高仕徳《ガオ・シードー》の目を見てドヤ顔で言った。

「今回は俺の勝ち。お前より先に母校で講演したんだから。潔《いさぎよ》く負けを認めろ！　高仕徳《ガオ・シードー》、もう二度とお前に負けない」

「卒業してから何年も経つのに、まだ一位二位が大事なのか？　俺は君を好きだとわかった時、人生全て君に奪われたけどな」

「高仕徳《ガオ・シードー》……」

先程壇上で雄弁に語っていた優秀な卒業生は、突然の告白に顔を赤らめた。

「成功した同級生よ。ここに来るなんてめったにない機会だから、キャンパス巡りでもしよう！」

高仕徳《ガオ・シードー》は明るい笑顔で周書逸《ジョウ・シューイー》の手を握り、キャンパスの一角に向かって走り出した。

「どこへ？」

「聞くな」


二人は改装された室内プールに駆け込んだ。プールの水は記憶の中と同じような青さだった。

高仕徳《ガオ・シードー》は周書逸《ジョウ・シューイー》の手を握ったまま、つらそうな顔で言った。

「正直言って、水泳部では少しも楽しくなかった」

「なんで？」

「食べたい肉が毎日目の前にぶら下がってるのに、でも触れることもできなくて。本当につらくて、プールの隅で泣いたよ」

「バカか！」

相手の胸を押したのだが、それが自分より大柄な男をプールに落とすことになるとは、思いもよらなかった。そして、わざとらしく水に浮いたり沈んだりしている相手を見て、周書逸《ジョウ・シューイー》は笑顔で言った。

「上がれ。行くぞ」

水の中の人は苦しそうな声を上げた。

「足がつった」

「ウソつけ」

「た、助けて……」

「わかった、待ってろ！」

高仕徳《ガオ・シードー》がゆっくりとプールの底に沈んでいくのを見ると、周書逸《ジョウ・シューイー》はすぐに上着を脱いで飛び込んだ。しかし相手の手首をつかむと、顔中に水しぶきを浴びせられた。そしてネクタイをつかまれて相手の胸に引きずり寄せられ、頬にキスをされた。

自分にキスをした悪党を押しのけると、青いプールに浮かび、横目で言った。

「ここが一番来たい場所だったなんて言うなよ？」

「あと一つある」

「二番目は何？」

「ロッ・カー・ルー・ム！」

「バカ言え！」

意味ありげな言い方に、著名な卒業生の顔はまた赤く染まった。

＊　＊　＊

レストラン

今夜のレストランは特別なお客のために貸し切りになった。

劉秉偉《リウ・ビンウェイ》はフランネルの箱を手に持って、不安そうに屋外のダイニングエリアを歩き回り、高仕徳《ガオ・シードー》を捕まえて尋ねた。

「今夜のプロポーズは成功するかな？」

いつもどんな問題でも簡単に対処してしまう人が、ティーンエイジャーのようにパニックになるのは珍しいことだった。

「緊張するな。大丈夫だったら」

大学時代の仲間として、高仕徳《ガオ・シードー》は劉秉偉《リウ・ビンウェイ》の背中を押して励ました。劉秉偉《リウ・ビンウェイ》はようやく震える足で、用意されているダイニングテーブルの方へ歩いていった。

テーブルの前で、石哲宇《シー・ジョーユー》は周書逸《ジョウ・シューイー》に向かってにこやかに笑いながら囁いた。

「あいつは今日、俺にプロポーズするつもりだよ」

「なぜわかるんだ？」

「あいつの日記をこっそり読んだから。それに……あいつ、俺の家に婚約指輪を落としてて、俺があいつの車にそれを戻したんだ。それにヤツの性格では、渡すまで一週間も我慢できないさ」

周書逸《ジョウ・シューイー》は笑ってしまった。昔から今に至るまで、劉秉偉《リウ・ビンウェイ》がこいつに惚れるのは自傷行為に他ならない。

「それでイエスと言うのか？」

「断る必要が？　婚約と結婚は――」

石哲宇《シー・ジョーユー》は両手を広げると、大げさに言った。

「まだまだこんなに離れてるんだ」

「馬とニンジン理論？」

「その通り」


近づいてくる二人を見ると、周書逸《ジョウ・シューイー》は、緊張している劉秉偉《リウ・ビンウェイ》に同情的な視線を送った。

劉秉偉《リウ・ビンウェイ》は、招待された友人や社員たちに向かって手を叩いた。

「皆さん、発表することがあります」

みんなが集まった後、劉秉偉《リウ・ビンウェイ》は石哲宇《シー・ジョーユー》の手を取り、みんなの前に立った。そして、何年も追いかけてきた恋人を見つめながら、真剣な顔で言った。

「俺はいつも地雷を踏むし、鈍感だけど、お前はいつも寛容で、一緒に過ごすのが本当に楽しい。だからずっと一緒にいたいんだ。石哲宇《シー・ジョーユー》、お前の答えが知りたい――」

劉秉偉《リウ・ビンウェイ》は息を吸い込むと、相手の目の前で片膝をついた。

「俺と結婚してくれる？」

「結婚！」

「結婚！」

その場にいた人たちは誰もが一瞬驚いたが、歓声を上げた。そして、ダイニングエリア中に拍手と口笛が鳴り響いた。

「ダメダメなプロポーズだけど」

石哲宇《シー・ジョーユー》は誇らしげに顎《あご》を上げ、息を止めて待つ相手が窒息する寸前に、答えを出した。

「喜・ん・で！」

「哲宇《ジョーユー》……」

劉秉偉《リウ・ビンウェイ》は長年追いかけてきた人を抱きしめた。みんなからの「キス！」「キス！」という声の中、ゆっくりと顔を寄せてキスしようとしたが、相手に首をつかまれ、激しいキスで口を塞《ふさ》がれてしまった。

愚かな馬が、誇り高きニンジンに勝てると思うな。

永遠に思うな。

光溢《あふ》れる店内は、笑いに満ちていた。

そして、愛と幸福にも。

＊　＊　＊

店内では、余真軒《ユー・ジェンシュエン》が牛乳の入ったカップを持ち、忙しそうな裴守一《ペイ・ショウイー》の周りをぐるぐる回っていた。

裴守一《ペイ・ショウイー》は焦りの表情を一切見せることなく、暇さえあれば余真軒《ユー・ジェンシュエン》の髪を撫《な》で、かすかな微笑みを浮かべていた。

周書逸《ジョウ・シューイー》は同級生の二人を見ると、「神様は本当に素敵なご縁を作ってくれた」と、しみじみ思うのだった。当時は仲がよくなかった二人が、今ではうらやましがられる存在になっている。

くそっ！

何だって俺は石哲宇《シー・ジョーユー》に嫉妬《しっと》しているのか。

自分がプロポーズされる側になったら、あいつはどんなサプライズを用意してくるのだろう。

いや、自分から何か言わないと。そうでもしないと、プロポーズされたいという願いが叶《かな》うのは、いつになるかわからない。

高仕徳《ガオ・シードー》がみんなの中で佇《たたず》んでいる恋人の顔を見ると、喜んだり、ちょっと怒ったり、そして考え込んで顔をしかめたりしている表情が見えた。その恋人が何を考えているか、わからないわけではない。

一生、自分の手で恋人の笑顔を守りたいと思っているし。

だって、あの幸運こそ、「高仕徳《ガオ・シードー》」が「周書逸《ジョウ・シューイー》」に一生をかけて贈りたい物なのだから。

それは、二人の愛に捧げられた贈り物。

『2位の反撃』本編 fin

番外編

番外編１　保健室のキューピッド

保健室の骨格標本になって、金属スタンドで毎日同じ場所に固定されているなんて、悲しいことだと思うよね？

でも、それは大間違い！

人生の楽しみは自分で見つけなくちゃ！　学校一かっこいい骨格標本である俺――ボニーは、骨や人体構造についての教育を担当するほか、ここに出入りする生徒を観察するのも楽しみの一つである。例えば……。

――「わあああーー先生やめてーー」

――「もう一度、喧嘩《けんか》してみろ！　そんな勇気があるならここで泣くな！」

ああ、悪徳校医の裴守一《ペイ・ショウイー》、また生徒をいじめているのか。でも、まあ、そのいじめはいいね！　サムズアップ！

学校は知識を習得するところ。よくも喧嘩をしてくれたものだ。殴られるのは自業自得だろ？

――「二週間は傷口を水に触れさせるな。悪化させたら殴るから。わかったか？」

――「わかった。わかったよ」

――「他にも言うべきことがあるだろ？」

――「ありがとうございました、先生」

――「失《う》せろ！」

――「ああ、本当にありがとうございます、先生」

出ていけ、出ていけ！　でも覚えとけよ、小僧、もう喧嘩するな。いい生徒でいろよ、いいな？

放課後、余真軒《ユー・ジェンシュエン》はしわくちゃな制服を着て、金属製の薬品棚に歩み寄り、どこかのいたずらな生徒に「考える人」のように固定された骨格標本を見て、首をかしげた。

「死人の骨だ」

オイッ！　何言ってんだお前は！

俺は学校一のかっこいい骨格標本ボニーなんだぞ。お前の目は節穴か？　チッ！

「インスタント麺」

余真軒《ユー・ジェンシュエン》は手を伸ばして標本の頭蓋骨を開けると、校医が中に隠しておいたインスタント麺を取り出した。

おい！

先に言えよ！　俺の頭を開ける前に。標本にも人権があるよ！

「ありがとう」

インスタント麺を取った少年は、丁寧にお辞儀をして、お礼を言った。

まあいいだろう。行儀のよい子なら、今回は大目に見るよ。

そうだ、隣のキャビネットも見てごらん。君がお腹いっぱいになるよう、あの悪徳校医が、棚の中のお菓子やインスタント麺を全部、君の好きな物に取り替えたよ。

もっと食べて。じゃないと、俺みたいに背が高くて力強いイケメンになれないぞ。ハッハッハッ、アッハッハッハッ。

その後、あの悪徳校医はなぜか勤務先を変えた。高校生のガキたちには会えなくなったが、もっとしっかりした大学生たちに会えるようになった。骨格標本である俺様は、相変わらず学生たちに人体構造について、教え続けることができた。

「白《バイ》ちゃん、哲宇《ジョーユー》が俺のことを好きになってくれると思う？」

今、俺の目の前に立っている学生は劉秉偉《リウ・ビンウェイ》というんだ。彼の質問を聞くと、思わず目をむいてしまった。

クソッ！　最近はどうなっているんだ？

骨格標本である俺に恋愛相談を？　結婚カウンセラーか？　好きなら告白しろよ！　できな

いのか？　チッ。

あと、俺様を「白《バイ》ちゃん」なんて呼ぶな。俺が死んだ時、お前はまだ生まれていないって知らないのか？

もっと敬意を込めろよな。俺の名はボニーだから、Bさんって呼んでいいよ。な？

「イケメン白《バイ》くん、また話しに来ちゃってごめんね」

保健室に誰もいないのを見て、石哲宇《シー・ジョーユー》は安心したように入ってきた。椅子を引いて骨格標本の前に座ると、恥ずかしくて人に言えないことを語り出した。

「俺のことを好きになってくれる人を好きになるのは、本当に幸せだ」

くっそー、どいつもこいつも。見せつけに来たのか？　俺は独り者、いや、独り骨なんだぞ。

前回は白《バイ》ちゃん、今回はイケメン白《バイ》くん、失礼な呼び方も似ている。どうりで二人がカップルになったわけだ。

「俺を手に入れたら、そこからは大切にしてくれないかも。だったら、何も知らないふりをして、俺を追いかけさせればいいかな？　そうすれば、あいつの目には俺しか映らないだろ」

ええっと、いい質問だね。難易度はと言えば、ハムレットの「生きるべきか、死ぬべきか」の次だ。

でもまあ、せっかくイケメンと褒《ほ》めてくれたから、答えてあげよう。追い・かけ・させろ！

追いかける時間が長ければ長いほど、幸せの時間も長くなる。お幸せに。


それから、何年も経った……。

学生から「悪徳校医」と呼ばれていた彼に連れられ、オープンしたばかりのレストランに飾られた。裴守一《ペイ・ショウイー》は自腹で骨格標本をもう一体購入し、保健室に置いていった。そいつが、人体の構造について学生に教育する責任を引き続き負っている。


「書逸《シューイー》、この場所覚えてる？」

ボニーの前で告白したカップルは、数年後、優秀な卒業生として戻ってきて、母校で講演をした。高仕徳《ガオ・シードー》は恋人の腰に手を回し、そっと微笑んだ。

「もちろん覚えているさ」

周書逸《ジョウ・シューイー》は微笑むと、腕を相手の首に回して答えた。

「ここは、誰かさんから告白された場所だ」

――「君が好きというのは、冗談ではなく本当だ。『仲たがいさせて奪う』と言ったが、それも嘘じゃない。俺に想われている人は幸運だって君は言っていたが、残念ながら君は永遠に知らないだろう。その幸運は、ずっと君のものだということを……。周書逸《ジョウ・シューイー》、君が好きだ」

かつてこの想いは、幸せの向こう側にたどり着くことなく、心の奥にひっそりとしまっておくしかないと思っていた。

しかしまさか縁結びの神様が、こっそりと二人の手首に運命の赤い糸を巻きつけていたとは、思いもしなかった。

共に支え合い、家族になりなさい、と。

「ずっと待たせて悪かったな」

周書逸《ジョウ・シューイー》は、昔、友人として自分のそばにいてくれた高仕徳《ガオ・シードー》を見ているかのように、目の前の相手を見つめた。

「君は一生をかけて待つに値する人だ」

高仕徳《ガオ・シードー》は首を横に振った。

「仕徳《シードー》」

「何？」

「愛してる」

「俺もだ」

顔が近づき、唇がゆっくりと触れ合い、二人は目を閉じて相手の息遣いを感じた。同じシャンプーのミントの香りが、髪の先から鼻の先までほのかに漂っていた。

手を背中に回し、抱き合った。スーツの生地の感触が指先の皮膚を通して脳に伝わり、全ての感覚を受け取った。周書逸《ジョウ・シューイー》は、ロマンチックなキスの最中に我慢できずにくすりと笑ってしまった。

「雰囲気ぶち壊し」

キスが中断され、高仕徳《ガオ・シードー》は溺愛《できあい》っぷりを漂わせた抗議をしながら、「犯人」を見て尋ねた。

「どうしたんだ？」

「見ろ！」

周書逸《ジョウ・シューイー》は保健室の隅を指しながら、もう片方の手で高仕徳《ガオ・シードー》の背中を軽く叩いて振り返るように言った。高仕徳《ガオ・シードー》が指示通りに振り返ると、隅にある骨格標本が、照れ隠しのポーズに固定されていた。そして、

「どうやらこの伝統は、後輩たちにも受け継がれているようだな」と笑顔で続けた。

昔から学生たちは、いつもこの骨格標本に様々なポーズをさせるのが好きだ。でも、今の骨さんは二代目のはず。初代は、数年前から裴守一《ペイ・ショウイー》が経営するレストランのカウンターに置いて

ある。頭を高仕徳《ガオ・シードー》に壊されたので、いつもランプシェードをかぶって隠しているが。

「もし、こいつがポーズを変えるほどのイケナイことをここでやっちゃったら、お前は恐れをなして逃げるんじゃないか？」

周書逸《ジョウ・シューイー》は口に手を当て、笑いを堪《こら》えて言った。

ちょっと待て！　イケナイことって？

高仕徳《ガオ・シードー》は意味ありげに微笑み、恋人の柔らかな髪を見つめた。今日は講演のために、周書逸《ジョウ・シューイー》は朝早く起きて準備を整えた。短い髪の下のうなじから、ボディーソープの香りが漂っていた。自分もいつも使っているものだが、相手の体から発しているのは少し違う……より挑発的な香りだった。

頭を下げ、恋人のうなじにキスをした。

「高仕徳《ガオ・シードー》……」

襲われた方は首を縮め、恋人の名前を呼んだ。誰かに見られるかもしれないと言いたかったのだが、次の瞬間、脳が素早く違う答えを出した。どこに誰がいるって？　保健室には、自分たち以外には骨格標本しかいない。

「しー」

終わらせたくない高仕徳《ガオ・シードー》は、あちこちにキスを続けた。その指はさらにいたずらのように相手のスーツのボタンを外し、ネクタイを緩め、襟元を開けて肌を露出させた。

「ここは学……学校なんだよ……」

小さな声で注意したが、相手を止めるはずの両手は体の両側にぶら下がったままで、結局受動的に共犯者になった。呼吸は乱れ、上下する胸を通して、火遊びをしている相手にはっきりと伝わった。

高仕徳《ガオ・シードー》は顔を横に向け、恋人の耳元に唇を寄せると意味ありげな言い方をした。

「高校生の頃、君にこうしたかったんだ」


十七歳の時、水泳部に急用を頼まれた彼は、うっかりシャワールームのカーテンを開けてしまい、シャワーを浴びながら裸で立っている周書逸《ジョウ・シューイー》を見てしまった。周書逸《ジョウ・シューイー》もカーテンを開けた高仕徳《ガオ・シードー》に顔を向けた。

――「なんでお前が？」

十七歳。目の前の人とカップルになることなど知らなかった当時の周書逸《ジョウ・シューイー》は、負けず嫌いで、高仕徳《ガオ・シードー》と何でも一位を争う姿勢でいる「周書逸《ジョウ・シューイー》」そのものだった。

だから、当時は嫌悪感しかなかった。

――「俺、俺は……」

十七歳の高仕徳《ガオ・シードー》は、「周書逸《ジョウ・シューイー》」への気持ちを自覚したばかりだった。でもまだ、それ以上の関係を考えるには若過ぎた。

――「いったい何がしたいんだ」

周書逸《ジョウ・シューイー》は蛇口を閉めると、不愉快そうな顔で相手を睨《にら》みつけた。彼の目には、高仕徳《ガオ・シードー》は同じモノを持つただの男に過ぎず、何も隠す必要がなかった。だから、振り向いた瞬間に、十七歳のもう一人の男子がどれだけ大きな衝撃を受けたかがわからなかった。

高仕徳《ガオ・シードー》は抑えきれずに、視線を顔から下へと動かし、そしてそれは見るべきではないところで止まった……。

唾を飲み込むと共に、喉仏《のどぼとけ》が無意識に上下し、血液を送る心臓も一瞬にして八百メートル走ったかのように、胸の中で激しく鼓動した。その結果、頭が熱を持ち、左の鼻から鼻血が垂れてきたのだった……。

――「タオルを持ってきた！」

慌てた高仕徳《ガオ・シードー》は、手に持っていたきれいなタオルを相手の胸に押しつけると、周書逸《ジョウ・シューイー》が受け取ったかどうかを確認もせず、すぐに踵《きびす》を返し、急に暑くなったシャワールームから逃げ出した。

「高校の時？」

誠逸《チョンイー》グループの後継者となり、優秀な卒業生として母校で講演をした三十歳の周書逸《ジョウ・シューイー》は、笑顔で恋人が語る高校時代のエピソードを聞き、

「お前、変態だな！　未成年者に対してそんなことを考えるなんて」とからかった。

「悪いけど、あの頃は俺も未成年者だった」

「残念なことに、お前が話す昔のことは、何も覚えていないんだ」

周書逸《ジョウ・シューイー》は、鼻にしわを寄せてそう言った。

あの頃の彼は、蔣聿欣《ジャン・ユーシン》に片思いしていた「弟」だった。十七歳の彼は、高仕徳《ガオ・シードー》に負けた不愉快さ以外、この男について何も記憶に残そうとしなかった。

高仕徳《ガオ・シードー》は恋人の耳を優しく撫《な》でながら、彼の目を愛情深く見つめた。

「残念なんてことはないさ。俺が全部覚えているんだから。これから時間はいくらでもある。一つひとつゆっくりと話すよ。でも、君がおじいちゃんになっても、まだ話が終わらないかも」

「プッ、よし、約束だ。語り尽くすまで、俺の手を離すな」

周書逸《ジョウ・シューイー》が右手の小指を出して、幸せそうな笑顔で言った。

「ああ、約束する」

高仕徳《ガオ・シードー》も笑いながら自分の小指を差し出し、相手の指に引っ掛けた。保健室の中はピンク色

の空気に満たされ、ゆっくり温められていった。

その片隅で二代目の骨格標本は、ようやく先輩の苦労を理解した。そこで、幸せなカップルの邪魔にならないようにこっそりと顔を隠した。そして二人が保健室を出た後、ドアの方を見て、心の中で骨格標本二代目からの祝福を捧げたのだった。

【番外編１終】

番外編2　馬とニンジン

鳳凰木《ほうおうぼく》の花が咲き誇る頃、それは学校の卒業シーズン。だからこの花と響き渡る別れの歌が、成長と別れの象徴になっている。

しばしば金融学科の教室を訪れていた劉秉偉《リウ・ビンウェイ》だったが、大学最後の年には情報工学科の常連になった。事前に用意した花束も、三年間ひそかに思いを寄せていた周書逸《ジョウ・シューイー》に渡すものではなかった。

「卒業、おめでとう」

石哲宇《シー・ジョーユー》は手にした花束に目を落とすと、思わず悪態をついた。

「オイッ！　劉秉偉《リウ・ビンウェイ》、お前喧嘩《けんか》売ってんのか？」

「えっ？　そ、そんなわけないよ」

劉秉偉《リウ・ビンウェイ》は、慌てて首を横に振った。

花束を相手に押し返すと、石哲宇《シー・ジョーユー》は不機嫌そうに言った。

「卒業式にこんなに大きな菊をくれるなんて、悪運を呼ぶつもりか？　それとも葬儀場送りにしたいのか？」

「それは紛れもなくひまわりだよ。誰が大きな菊なんか……」

劉秉偉《リウ・ビンウェイ》は唖然《あぜん》とした。

神様、世の中にはひまわりと菊の区別がつかない人がいるようです。せっかく盛り上げたムードが台無しだ。

「あっそう。じゃ、いただくわ。サンキュー」

花束を取り返すと、石哲宇《シー・ジョーユー》はいたずらっぽく笑った。

「ようやく卒業した。これで、毎日俺を悩ませたお前のストーカー行為ともお別れだ」

「ちょっちょっちょっと！　それはあんまりだろ！」

いじめられている大型犬のような悲しげな表情をすると、石哲宇《シー・ジョーユー》が不意に頭を撫《な》でた。

「冗談だよ、冗談。今夜うちのパーティーがあるんだ。お先に」

「待って！」

「まだ何かあるのか？」

帰ろうとする相手を止めると、相手が胸に抱いている花束を見つめながら尋ねた。

「本当に……その花の意味、知らないの？」

「これ？」

黄色い花を見下ろし、じっと見たが、首をかしげた挙げ句、

「ただの大きな菊じゃないの？」と言い放った。

いつだって、言葉の裏が読めない石哲宇《シー・ジョーユー》。そんな彼を見ながら、劉秉偉《リウ・ビンウェイ》は泣きそうな顔になった。

「ひまわりだよ！　ひまわり！」

「ブハハハハハ、それでその意味は何なの？」

「本当に知らないの？」

諦めたくない気持ちで、もう一度尋ねた。

「知らない。だから教えて」

「いいよ。別に知らなくても……」

ため息が出てしまった。

こんな、ロマンチック気質がない男に期待しちゃいけない。

「言わないなら帰るよ」

そう言うと、彼はためらわずに後ろを向いた。「大型犬」が、耳を垂らして泣きそうになっているのを無視して。

「うん……気をつけて」

石哲宇《シー・ジョーユー》の背中に手を振ると肩を落とした。そして、成し遂げられなかった愛の告白に対して、三分間の黙祷《もくとう》を捧げたのだった。しかし、実は去っていった男が胸の花束を見下ろし、ニヤニヤしながら歩いていたことを知らなかった。


「もちろん知ってるさ。バカ」

ひまわりの花言葉は、静かな愛、言葉にできない愛、そして忠誠心。

わざと最初にこき下ろして花の名前を間違え、相手の言いたいことを混乱させようとしたのだ。

「フフッ、俺を追いかけるのはそんなに簡単じゃないんだって」

馬を速く走らせるためには、その前にニンジンをぶら下げておかなくちゃ。それが食べられない馬は、追い続けることになる。

「劉秉偉《リウ・ビンウェイ》、先に恋に落ちた方が負けでしょ。だから俺は先に恋しない」

そうつぶやくと、石哲宇《シー・ジョーユー》はタクシーを拾い、両親が予約したレストランに向かった。

＊　　＊　　＊

一年半後

卒業式の後、キャンパスを離れてそれぞれの人生を歩み始めた二人は、チャットルームで話をすることはあっても、インターンシップや試験で忙しく、再び顔を合わせる機会はなかった。

それから一年半後……。


「おばさん、なんでそんなにうれしそうなんです？」

石哲宇《シー・ジョーユー》がドアを開けると、大家さんがニコニコと廊下に立っているのが見えた。

五十代の女性は、スーツを着て出勤しようとしている青年を見ると、心配そうに尋ねた。

「哲宇《ジョーユー》さん、最近仕事はうまくいってるかい？」

「とてもうまくいっていますよ。ご心配ありがとうございます」

大家さんの背後にある空き室のはずの向かいの部屋を見て、彼は尋ねた。

「あの部屋、もう貸してるんですか？」

「そうなのよ！　言い忘れてたわ。あなたのようなイケメンよ。弁護士だし」

「弁護士……」

突然、半年以上連絡を取っていない男を思い出した。

「新しいお向かいさんが困っていたら、面倒を見てあげてくださいね。彼もあなたみたいに一人暮らしの社会人だから」

「わかりました。じゃ、仕事に行きますね」

「行ってらっしゃい。気をつけて」

石哲宇《シー・ジョーユー》はうなずくと、ドアを閉めて大家さんに「行ってきます」の挨拶で応えた。

数日後、出勤しようとしてドアを開けると、向かいのドアからもロックの外れる音がした。ドアが徐々に開くと、見覚えのある顔の男がそこに立ち、微笑んできた。

「お久しぶり、哲宇《ジョーユー》」

「お前――」

もう一年以上会っていなかった男を見つめると、なぜか心臓の鼓動が激しくなり、言葉に詰まった。

「これからよろしくね」

「あ、ああ、はい」

「じゃあ、行こう！　一緒に行こう」

「ああ、一緒にな」

茫然自失となった石哲宇《シー・ジョーユー》は、相手に手を強く握りしめられ、一緒に出て、近くにある駐輪場に向かった。

ようやく借り手がついた部屋には、寝室の壁にホワイトボードが掛かっていて、そのボードは、長い黒い線で二つに分けられていた。
左の方に「好き」、右の方に「嫌い」と書いてあった。
「好き」の欄には、たったの二文字しか書かれていなかった。

全部。

そして、「嫌い」の欄には、

連絡が来ない日々。

青で書かれた文字の上に、赤で線が引かれた。
「哲宇《ジョーユー》、ようやく会えた」

仕事を終えて部屋に帰ると、劉秉偉《リウ・ビンウェイ》はホワイトボードの前に立ち、赤線が引かれた青い文字を見て強く思った。

今度は、相手も自分のことが好きになる日まで、辛抱強く待って全力を尽くす。

石哲宇《シー・ジョーユー》が……

俺と恋に落ちる日まで。

＊　　＊　　＊

「イテッ……」

ベッドに横になっていた男が立ち上がろうとすると、一晩中攻められた腰とお尻が痛み出した。石哲宇《シー・ジョーユー》は不機嫌そうな顔で、開いているドアに向かって叫んだ。

「劉《リウ》・秉《ビン》・偉《ウェイ》！」

「今、行くよ」

ベランダで洗濯物を干していた劉秉偉《リウ・ビンウェイ》は、すぐヘラヘラと笑いながら寝室に駆け込んできて、裸の背中をさらしている相手を見ながら尋ねた。

「ダーリン、何してほしいの？」

「俺の部屋からスーツと下着、持ってきて」

くそっ！　プロポーズされた後、こいつとキスをしまくったのがいけなかった。今日は仕事だというのに、腰もお尻も痛いし、着ていくスーツは自分の部屋にあるので、劉秉偉《リウ・ピンウェイ》に頼んで取ってきてもらうしかない。

「わかった。すぐ戻ってくるよ」

「待って」

「他に何？」

「こっち来いよ」

上半身を起こし、昨夜人前でプロポーズした男を手招きすると、相手は自然にベッドの端にひざまずいて、顔を寄せてきた。


チュッ！


「……」

劉秉偉《リウ・ピンウェイ》は目を大きく見開いた。何か他に注文があるのかと思ったら、それは思いもよらないことに、恋人からの唇へのキスだった。

「じゃあ、早く服取ってきて。ビジネスバッグも持ってきてよ」

「了解」

おはようのキスをもらった劉秉偉《リウ・ビンウェイ》は、またヘラヘラとした笑顔を見せながら立ち上がり、ドアに向かった。ドアを開け向かいの部屋へ行くと、鍵を取り出してドアを開けた。

石哲宇《シー・ジョーユー》はなんとかベッドから立ち上がると、バスルームに入り、セックスの痕跡を洗い流した。そして、腰にタオルを巻いて寝室に戻ると、机の横にあるホワイトボードを見て、口角を上げた。

劉秉偉《リウ・ビンウェイ》の話によれば、このホワイトボードはもともと、ToDoリストや勉強の進捗状況を管理するためのものだったが、石哲宇《シー・ジョーユー》への気持ちが芽生えた後、黒い線で二つに分けたのだという。

左の方に「好き」、右の方に「嫌い」と書いてある。

かつて、青のマーカーで「嫌い」の欄に次のように書いてあった。


泣く。

偏食。

高仕徳《ガオ・シードー》を見た時の、悲しい目つき……。

彼の泣き顔も、偏食しているのも、高仕徳《ガオ・シードー》を見ている時の、彼の悲しげな目つきも……全部大嫌い。

そして左側の「好き」の方にはこう書いてあった。

純粋。

笑顔。

その後、こう誓ったのだった。

——「これからは、君が失恋の悲しみを完全に忘れるまで、もっともっと笑わせてあげるよ」

そして、ボードの内容が変わった。

「好き」の欄には二文字しかなかった。

全部。

「嫌い」の欄は、

連絡が来ない日々。

それから、青で書かれた文字を赤線で消し、願いを込めた。

――「石哲宇《シー・ジョーユー》が自分と恋に落ちる日まで、辛抱強く待って全力を尽くす」

石哲宇《シー・ジョーユー》は微笑みながら、ボードの横にあるマーカー消しを手に取り、そこに書かれた文字を一つひとつ消していった。そして婚約指輪をはめた指で黒のマーカーを持って、真っ白なボードにこう書いた。

永遠に俺の馬になれ！　バカ。

「劉《リウ》さん？　どうしてここに？」

突然、廊下から驚いたような声が聞こえた。

石哲宇《シー・ジョーユー》は、マーカーを投げ捨てて玄関に向かった。ステンレス製のドアを開けると、大家さんが家の前に立ち、向かいの部屋から出てきた劉秉偉《リウ・ビンウェイ》を指差して騒いでいた。

「おばさん、俺に用でも？」

大家が振り向くと、向かいの部屋に住んでいるはずの石哲宇《シー・ジョーユー》が、こっちの部屋から現れた。

「あなたたち……どうして……」

大家さんは劉秉偉《リウ・ビンウェイ》を見て、また石哲宇《シー・ジョーユー》を見た。この二人はどうしてお互い相手の家にいるのだろうか。石《シー》さんの服とビジネスバッグが、なぜ劉《リウ》さんの手に？

「こ、こ、これはまさか、泥棒に入った？」

そんなわけがない。劉《リウ》先生は弁護士なんだから。法律に反するようなことをするわけがない。

石哲宇《シー・ジョーユー》は顔を赤らめ、慌てて説明した。

「おばさん、違いますよ。彼は泥棒なんかじゃない。昨日、酔っぱらって部屋を間違えて一晩泊めてもらったんで、それで俺の部屋からそれらの物を取ってきてと頼んだんです。誤解されるような状況ですよね」

「そうだったのね」

話を聞いた大家さんはようやく安心して、

「お二人の仲がよさそうで、安心したわ。若い人は一人暮らしして、こういった関係を築くべきよね」と微笑んだ。

「ところで、俺に何か」

「あ、用件を忘れるところだった。孫娘が、入居者がもっと便利に家賃を支払えるように、オンライン決済システムを立ち上げてくれたの」

大家さんはそう言いながら、手提げ袋からＡ４の紙に印刷された案内を取り出し、それぞれ互いの部屋の前に立っている二人に渡した。

「おばさん、ありがとうございます」

「いえいえ。では、失礼しますね」

大家さんが帰った後、ドアの前に立っていた二人は顔を見合わせ、思わず笑ってしまった。

「笑ってないで、服をくれよ」

「ああ」

劉秉偉《リウ・ビンウェイ》は急いでスーツとビジネスバッグを抱えて向かいの部屋に入り、恋人が見ていない隙《すき》に頭を下げて頬《ほお》に素早くキスをした。石哲宇《シー・ジョーユー》は目を細めて、自分を襲ってきた「馬」を睨《にら》みつけると、怒ったように首を引っ張り寄せ、キスを返した。

向かい合う二つの扉は、まるで二人の関係のようである。かつては嫌い合っていたのに、やがて心を開いて互いの心に入りこみ、支え合う関係になった。

馬はいつも喜んでニンジンを追いかけている。

ニンジンも気に入った馬しか選ばない。

そうやって追いかけっこをしているうちに、馬とニンジンは決して切り離すことができなくなった。

馬は念願のニンジンを食べられた。

そして、ニンジンも恋した馬を手なずけた。


【番外編２終】

番外編３　今度は俺の番だ

裸でベッドに横たわっている男は、見慣れない部屋に眉をひそめた。

ここはいったいどこなのか。フラフラする頭がそれを判断しかねているうちに、部屋の入り口から漂ってくる食べ物のおいしそうな匂いに、思考が支配されてしまった。匂いを嗅《か》ぎつつ、毛布にくるまったままダブルベッドから出て、ヘラでかき混ぜている音のするキッチンへ入った。

ガスコンロの前に立つ男は、同性から見てもうらやむほどの引き締まった体をしていたが、美しく整った背中にはいくつもの引っ掻き傷があった。

余真軒《ユー・ジェンシュエン》は無言で男の背後に歩み寄り、手を伸ばして傷跡の乾いた血を指先で触ると、手を引っ込めて自分の頭を殴り出した。

「やめろ！」

その冷たい口調には怒りが漂っているようで、背後に立っていた余真軒《ユー・ジェンシュエン》は怯《おび》えて、頭を殴っていた手を横に下ろし、申し訳なさそうに頭を下げた。

「ごめんなさい……」

裴守一《ペイ・ショウイー》は窓辺の方を指差した。

「あそこに座ってて。もうすぐ朝食ができる」

「うん」

従順な子犬のように、余真軒《ユー・ジェンシュエン》は窓辺のテーブルへ歩いていったが、椅子には座らず、毛布にくるまったまま椅子と壁の間の隅にうずくまった。静かに、音を立てずに、でき上がった朝食がキッチンからテーブルに運ばれるのを、見ていた。

「食べよう」

「いや、僕はいい」

「好きにしろ」

男は椅子を引いてテーブルにつき、ホットサンドとサラダを一人で食べた。余真軒《ユー・ジェンシュエン》は同じ姿勢のまま、大きな目で裴守一《ペイ・ショウイー》の表情と動きを見つめていた。

しばらくすると裴守一《ペイ・ショウイー》は自分の朝食を終え、相手が食べたかどうかは気にせず、皿を持って立ち上がると、キッチンへ戻った。立った時に鳴った、椅子の足が床を擦《こす》る音に、余真軒《ユー・ジェンシュエン》は体をびくっとさせた。そして、自分もすぐに立ち上がり、裴守一《ペイ・ショウイー》の後を追った。

裴守一《ペイ・ショウイー》が皿をキッチンに持っていくと、余真軒《ユー・ジェンシュエン》もすぐについていくし、裴守一《ペイ・ショウイー》が顔を洗うためにバスルームに行くと、余真軒《ユー・ジェンシュエン》はドアの前に立って待つし、裴守一《ペイ・ショウイー》がベランダに洗濯物を取り込みに行くと、余真軒《ユー・ジェンシュエン》もまた——。

「もういいだろ！」

裴守一《ペイ・ショウイー》は顔をしかめると、手を伸ばして相手の体に巻いてある毛布をつかんだ。

「子犬のように俺を追いかけてもらうために、お前をここに連れてきたんじゃない」

「でも……消えちゃうのが、怖い……」

震える声で言うと、相手が何か言う前に、すぐに緊張した表情を変えて、明るい笑顔で口角を上げて平気そうなふりをした。

「いなくなっても大丈夫。探し続けるから。僕はまだ若いし、また探すことになっても、十二年後は四十一歳なんだから、あなたを好きでいる気力はまだまだある」

子どもじみた非論理的な発言に、裴守一《ペイ・ショウイー》は少し腹が立ったが、それ以上に心が痛んだ。

彼は毛布をつかんで引き寄せると、頭を下げて相手の目を見つめた。そして、劉秉偉《リウ・ビンウェイ》が石哲宇《シー・ジョーユー》にプロポーズした夜、みんなが三々五々帰った後に余真軒《ユー・ジェンシュエン》と交わした約束を、また繰り返した。

「言っただろ。今度は俺がお前を探す番だって」

「あなたが、僕を探す……」

余真軒《ユー・ジェンシュエン》は顔を上げて相手の顔を見つめると、その言葉を繰り返しつぶやいた。

裴守一《ペイ・ショウイー》は珍しく照れたような表情になった。

「こんな関係になったんだから、お前は何も気にしなくていい。俺が喜んでいるのか怒っているのか隅に隠れて観察しなくていいし、俺を喜ばせようと無理に笑顔を作らなくていいし、俺がお前を捨ててしまうことも……もう恐れなくていい」

全ては高仕徳《ガオ・シードー》のせいだ。ある晩、「親切に」余真軒《ユー・ジェンシュエン》を酔い潰しただけでなく、「気を利かせて」我が家の玄関先まで連れてきた。そして自分が余真軒《ユー・ジェンシュエン》を「いただいた」ことを知ると、酔っ払ってやったならちゃんと責任を取らなければならない、ということを「親切にも」念押ししたのだった。

その日以来、高仕徳《ガオ・シードー》の顔を見るたびに、思わず頭を叩いてしまう。

「本当に？」

幸福に恵まれたことのない子どもは、突然降りかかってきた幸福に慣れていなくて、怖くなってしまうのだ。

やっと手に入れたものが、実は何度も見た夢の一つに過ぎず、目が覚めたら消えてしまうのではないか、という不安に陥っていた。

「今の俺たちは……どんな関係だ？」

もう二十九歳なのに、まだ子どもそのもののような余真軒《ユー・ジェンシュエン》を見ると、裴守一《ペイ・ショウイー》は口角を上げて意地悪そうに尋ねた。

「アソコは痛いか？」

「痛い！」

余真軒《ユー・ジェンシュエン》はうなずくと、顔をしかめた。

昨日、彼はこの男に強く抱きしめられ、キスされ、そして……。

昨晩のシーンが、突然脳裏にフラッシュバックした。アスペルガーがもたらしたのは、社会性の欠如、関心を持つ範囲の狭さ、集中力のなさ、感情のコントロールができないことなど。だからといって、三十歳近くにもなる彼が、昨日何が起こったのかをわからないわけではない。けれども、裴守一《ペイ・ショウイー》以外の誰とも、そういう関係を築いたことはなかった。

「恥ずかしいか？」

裴守一《ペイ・ショウイー》は頭を下げると、耳を赤く染めている余真軒《ユー・ジェンシュエン》に聞いた。

「うん……」

余真軒《ユー・ジェンシュエン》は顔を赤らめ、唇を噛《か》みしめながら軽くうなずいた。すると、相手の指が歯の下に差し込まれ、唇を噛むという自傷行為を止めた。

「俺が言ったこと覚えてる？」

真っ赤な耳に押しつけられたセクシーな声が、問いかけた。

「殴ってはいけない。罵《ののし》ってはいけない。キレてはいけない。自分を傷つけてはいけない」

よい生徒は顔を上げて、一番好きな、そして最も尊敬している人を見て、授業中に先生の質問に答えるかのように、真剣に答えた。

裴守一《ペイ・ショウイー》は指を引き抜くと、指先で青年の唇を溺愛《できあい》するように撫《な》でながら、警告した。

「血が出るほど唇を噛むのは自傷行為なんだから、二度としないように。忘れるな」

「わかった」

一度覚えたら忘れないことを示すために、余真軒《ユー・ジェンシュエン》は毛布の中から右手を出して、右のこめかみを叩いた。

裴守一《ペイ・ショウイー》は、放課後に個人授業をしていた時、余真軒《ユー・ジェンシュエン》にはプログラミングの才能があることに気付いた。そこで、独学でプログラミングを学べるよう本を探し、翻訳機に頼らずとも、オンラインで海外の有名校の関連講座を直接聴けるように、英語の勉強も手伝った。

その後、余真軒《ユー・ジェンシュエン》は奨学金をもらって大学に進学し、アルバイトをしながら大学に通った。勉強すれば、安定したプログラミングの仕事に就くことができると、あの人に言われたからだった。

そして華磬科技《ホアチンテクノロジー》に入社し、八か月足らずで、新入社員からチームを率いる技術長に昇格した。

初めて、みんなに「すごい」と褒《ほ》められた。

初めて、おかしな行為をしても、馬鹿にされなくなった。

彼は裴守一《ペイ・ショウイー》の言葉通り、情報セキュリティ分野で強みを発揮し、安定した仕事と収入を得て、一人でも生きていけるようになったのだ。

裴守一《ペイ・ショウイー》は青年の顔を見て、毛布から出した右手を握りしめると、真剣に言った。

「余真軒《ユー・ジェンシュエン》、お前がうれしい時、俺はお前の喜びを理解できない。お前が悲しい時、俺はそれを感じられない。お前が寂しい時、俺は気付きさえしない」

少し間を置いて、話を続けた。

「それでも、俺と一緒に暮らしたいと思うのか？」

「思うよ！」

青年は背の高い男を見上げ、興奮して答えた。

「でも俺は、お前の喜怒哀楽を感じられない」

「そんなことを感じる必要はないよ。うれしい時はうれしいと、悲しい時は悲しいと言うから。寂しくなったら寂しくないように、あなたのところへ行ってあなたを抱きしめるから」

余真軒《ユー・ジェンシュエン》は涙を浮かべながら、大きな笑顔を見せた。そしてくるまっていた毛布を開いて、自分と裴守一《ペイ・ショウイー》をしっかりと包み込んだ。

「もう何もしなくてもいい。あなたは、たくさんのことをしてくれた。あなたのそばにいること以外、僕は何も望まない。僕たちは、角が欠けた円が失われた角に会ったのではなく、孤独に転がる運命にあるボロボロの二つの円だって言ったよね。

裴守一《ペイ・ショウイー》、でも、それは違うよ。

僕たちは角が欠けているわけでも、円でもない。あなたと僕は、組み合わせると互いに打ち消し合う『補色』のペアだ。ただ打ち消し合うといっても、白や黒といったグレースケールの色ではなく、最も暖かくてハッピーな色だ」

「……」

余真軒《ユー・ジェンシュエン》の笑顔を見ると、裴守一《ペイ・ショウイー》も思わず笑ってしまった。

かつては、感情というものを努力して学び、自分の情緒障害を隠すために他人を真似《まね》て、「普通の人」を演じ続けた。

しかし今は、「普通の人の感情を理解しようとしなくていい。感じていることを直接伝えるから」、と言ってくれる人がいる。

もう頑張らなくていい。僕があなたのところへ行くから、と。

情緒障害を隠さなくていい。僕もあなたに勝るとも劣らないから。親離れできないし、被害妄想だし、アスペルガーだし、軽度の鬱《うつ》に自傷行為……。

あなたより厄介かもしれない！


「さっき、何も食べなかっただろ。お腹空いたか？」

裴守一《ペイ・ショウイー》は身をかがめると、相手の額にキスをした。

「まだ空いてない」

「本当に何か食べないのか？　今のうちに食べないと、この後は夜食になっちゃうぞ」

「どうし――」

問いかけの最後の一文字が、裴守一《ペイ・ショウイー》の唇に消された。

裴守一《ペイ・ショウイー》は、毛布にくるまった余真軒《ユー・ジェンシュエン》をそのまま抱き上げると、さっきの部屋に戻り、つま先でドアを閉めた。乱雑なダブルベッドに向かい、恥ずかしがっている余真軒《ユー・ジェンシュエン》をダブルベッドに寝かせた。

それから、体に巻かれていた毛布を取り払った。白い肌と敏感な部位に残っているキスマークはもう隠せない。青年の柔らかい唇にキスをし、再びその体に覆いかぶさった。
十二年前に偶然に拾った子犬が、困ったような目をしながら、愛らしく甘い声を再び上げた。

【完】

著者紹介

羽宸寰　ユー・チェンファン

『父債子還』『有五個哥哥的我就註定不能睡了啊！』など人気BL作品を執筆している。本作に限らず人気ドラマのノベライズも行っている。

林珮瑜　リン・ペイユー

『リーガル・サービス－最大の利益』、HIStoryシリーズ『ボクの悪魔』、『ボクと教授』、『君にアタック』を手掛け、HIStoryシリーズの人気に火をつけた。また、『リーガル・サービス－最大の利益』は第105回文化省テレビ番組優秀脚本賞を受賞。

減量がスローガン。つねにアイデアに溢れ、物語や小説、脚本を書いている。

訳者紹介

李佳歆　リカキン

1997年生まれ。ふつうの女性です。本を手当たり次第に読むのが好きです。

夏海　なつみ

茨城県生まれ。慶應義塾大学文学部人間関係学科教育学専攻卒。販売職・経理職・編集職・行政書士等の後、日本語教師をしながら、BL小説の翻訳に勤しむ。他の訳書に『永遠の1位』。別名義での訳書に『あの日 HIStory3 那一天』『セマンティックエラー』。主な著書に『「事実婚」のホントのことがわかる本』（以上、すばる舎）

この作品はフィクションです。実在の人物・団体とは関係ありません。

本書は各電子書籍ストアで配信中の『2位の反撃 We Best Love』1～7話までの内容に加筆・修正をしたものです。

Special Thanks YU JAPAN SUPPORT TEAM

２位の反撃 We Best Love - Fighting Mr.2nd

2023 年 10 月 17 日　第 1 刷発行

著　者　羽宸寰
林珮瑜
訳　者　李佳歆
夏　海
発行者　徳留 慶太郎
PLEIADES PRESS　株式会社すばる舎
東京都豊島区東池袋 3-9-7 東池袋織本ビル　〒 170-0013
TEL 03-3981-8651（代表）　03-3981-0767（営業部）
FAX 03-3981-8638　https://www.subarusya.jp/
印　刷　ベクトル印刷株式会社

落丁・乱丁本はお取り替えいたします

ISBN978-4-7991-1155-0